強引な子連れ侯爵さまに身も心も奪われ溺愛されてますっ!

香村有沙

Vanilla文庫

JN178925

イラスト／霧夢ラテ

プロローグ

カーテンの隙間から差し込む細い光が、寝台の上をかすかに照らし出す。

その灯りで、ルシアは自分の上に覆《おお》いかぶさる青年が、まっすぐに自分を見つめていることに気付いた。

「あ……駄目、ギルバート様、見ないで……」

暗がりの中であっても、その裸身はぼんやりと白く浮かび上がる。月光を反射するように煌《きら》めく露《あら》わな肌に、ギルバートと呼ばれた青年は煽情的に舌を這《は》わせた。

「駄目と言われたら、ますます見たくなる」

「もう、どうしてそう意固地なんですか……っ、ああ……っ」

舌先で胸の頂《いただき》を転がされ、ルシアはあえかな吐息《といき》を上げた。

「君が、こんなにも可愛《かわい》いからだろう、ルシア」

ちゅう、ときつく頂を吸い上げられ、鋭《するど》い快感が全身を走り抜ける。

るようだ。

愛撫《あいぶ》のたびに、耐え切れずに体が震えた。それすらも、今はギルバートを愉《たの》しませている。

彼は口の端を持ち上げ、意地悪げに笑う。

「自分がこれほど欲望に忠実だと、俺は、君と出会うまで知らなかった。……責任は、しっかりと取ってもらうからな」

「そんな、勝手な……ああっ」

赤く染まった先端を甘嚙《あまが》みされて、ルシアは甘い吐息をこぼした。

絶え間なく与えられる快感に翻弄《ほんろう》されていると、ギルバートはルシアの両足を割り開き、その間へと潜《もぐ》り込む。

彼の肉体は、さながら芸術家の生み出した彫像のようだ。隅々まで鍛え上げられ、浮き上がった汗の玉ひとつ取っても美しい。戦いの際に負ったと思《おぼ》しき小さな傷跡すら、彼の魅力を損ねてはいない。

ルシアがつい、うっとりと見惚《みと》れていると、ギルバートの顔が近付いてきた。

「ん……」

そのまま、唇が重なる。触れるだけの口づけは徐々に激しくなり、やがて熱い舌が口腔《こうくう》内へと潜り込んだ。

丹念に歯列をなぞられ、背筋がぞくぞくする。

くすぐったいような、それでいて心地いいような。男女の営みがもたらす快感に、ルシアはいつまで経《た》っても慣れることができなかった。

だが、そんな初心《うぶ》な反応こそが、ギルバートを夢中にさせているのだと――彼女は、まだ知らない。

「愛している、ルシア……」

「ギルバート様……私も、あなたのことを」

ルシアが言い終えるよりも先に、彼は再びその口を塞《ふさ》ぐ。

(まさか、私が誰かを好きになる日が来るなんて思わなかった)

ルシアは伸し掛かる体の重みを感じながら、胸がきゅんと疼《うず》くのを感じた。

なにしろ、ギルバートとの出会いは、最悪も最悪だったのだ。

それが今や、毎夜のように愛され、息もできないほどの想いに溺《おぼ》れてしまいそうだ。

「ルシア……」

彼の欲望が内側に入り込むのを感じながら、ルシアはああ、と目を閉じる。

溺れるほどの愛を交わす夜は、まだ終わらない。

一章

「国王として命じる。結婚したまえ、ファルコ侯爵」

急に謁見《えっけん》の間に呼ばれたかと思えば、玉座に座る国王から開口一番にそう命じられ、ギルバート・ファルコ侯爵は目を白黒させた。

長身で、彫りの深い顔立ちの青年である。黒髪を後ろに撫《な》でつけ、切れ長の瞳はガーネットのごとき深紅《しんく》。鍛え上げられた体躯《たいく》に漆黒の礼服を纏《まと》い、数え切れないほどの勲章を胸に飾っている。

「クロード陛下。無礼を承知で申し上げますが、今はそれどころではないのです」

ギルバートはこめかみをひくつかせながら、慎重に口を開いた。

「俺は……いえ自分は先日、テュール王国との国境にある砦《とりで》から戻ってきたばかり。情けないことに、いまだ執務にも慣れておりません。領地の状況を把握するにもしばらく時間がかかるありさまで」

——結婚など面倒だ、と。

なるべく顔に出ないように努めながら、ギルバートは冷静に返答する。

「だからこそ、だ。わからぬか？」

対して、国王クロードは、やれやれ、と大仰に肩を竦《すく》めてみせた。

「幼なじみとして、私は君を心配しているのだよ。今までずっと、貴族らしからぬ生活を送ってきた君が、突然に爵位を継ぎ、ましてや子育てなど。どう考えてもうまくいくとは思えんからな」

ギルバートの兄である先代ファルコ侯爵は、馬車の事故により、侯爵夫人であった義姉《あね》ともども命を失った。

遺された子どもは、三歳の男児。爵位を継ぐには、まだまだ長い時間がかかる。

侯爵家を守るため、ギルバートは急遽《きゅうきょ》、長年在籍していた王立軍を退役し、当主の座に就いた……というわけである。

「それに、兄君の遺児を立派に育てるとなれば、生活の安定が急務。加えて、両親を喪《うしな》った幼子の心を慰めるとあらば、必要なものは愛をおいて他にはない。つまり、そなたに必要なのは人生の双翼となる伴侶なのだ。……いいものだぞ、結婚というのは」

青い瞳をうっとりと細めるクロードとは裏腹に、ギルバートは「はあ」と、ため息とも呆《あき》れともつかない声を返した。

（愛……愛、ね）

ギルバートとクロードは幼なじみだ。だからこそ、彼なりに自分のことを心配してくれているというのは理解している。

（だが、心配と結婚を結びつけるのは、極めて個人的な感情からではないのか？　クロード陛下は、王妃殿下と二人のお子様を溺愛されているからな）

十八歳で王立学園を卒業すると同時に、侯爵家の次男であるギルバートは軍に志願した。以来、二十八歳となった今までの十年間、国境で隣国との関係に気を払い続けてきた。

あまり女性に興味がないこともあり、艶《つや》めいた話のひとつもない……というのが現状である。結婚と言われても、すぐにはぴんとこない。

（女は面倒だ。まず力が弱い。加えて、感情的で言うことがころころ変わる。特に貴族の令嬢は気に食わん。あいつらは着飾ることと噂話しか楽しみがない上に、こちらの身分を知った途端、ここぞとばかりに近付いてくる。なのに、そんな自分が、結婚？）

勘弁してくれ……というのが率直な気持ちだった。

だが、どんどん表情が曇っていくギルバートとは対照的に、クロードは機嫌がよさそうににこにこと笑う。

「ともかく、これは王命である。可及的速やかに妻を迎え、侯爵家を安泰させること。よいな、ファルコ侯爵」

（絶対に面白がってるな、こいつ……！）

ギルバートは思わず我を忘れ、主君を力いっぱい睨《にら》みつけるのだった。

＊　＊　＊

オーゲン男爵家の朝は、いつも賑《にぎ》やかだ。

仲睦《なかむつ》まじい夫妻の間には、男女合わせて五人の子どもがいる。

合計七人で暮らすにはあまりにも狭い集合住宅《アパルトメント》の一室、食卓兼居間として使われているテーブルで、長女のルシアは愛用の家計簿を前に盛大に頭を抱えていた。

「……お金が、ない」

呻《うめ》くように呟《つぶや》いた理由は、あと半年で、すぐ下の妹であるエレーナのデビュタントがやってくるためだ。

オーゲン男爵家のような弱小貴族にとっては、ただ一度の名誉にも等しい、国王夫妻との顔合わせの機会。できることなら、妹には新品のドレスで思う存分着飾ってもらいたい。

だが、そんな姉心とは裏腹に、今月も家計は収支プラマイゼロ……どころか、赤字だ。

それというのも――。

「おはよう、ルシア！　今日はついに、あの素晴らしい百科事典が届けられる日だよ！」

上機嫌な様子で居間に現れたのは、オーゲン男爵家の当主にしてルシアたちきょうだいの父であるエルンストだった。

「ええ、そうね父様！　ところでその本は、父様の給金の何か月分だったかしら⁉」

ルシアはにっこりと、しかし怒りを隠す様子もなく、すごみのある笑みを浮かべる。

「や、やだなあ、そんな怖い顔をしないでおくれ」

途端、あたふたとし始めるエルンストに、ルシアは盛大なため息をつくしかない。

（父様ったら、本当に、書物に目がないんだから）

エルンストは、王族のみが利用を許される図書室で、司書の仕事に就いている。

元は平民出身の文官に過ぎなかったが、先代国王の信頼が厚かったことから男爵の位を賜った。領地を持たない、名誉のみの貴族である。

王家直属の職務のため、他の文官に比べれば高い給与を貰《もら》っているのは間違いない。

が、一家が住んでいる集合住宅は家賃が高く、おまけに夫妻は子だくさん。

（エレーナのドレス代に、フィリップとアンリの学費……それが落ち着く頃には、小さなベルも社交界に迎えられる頃だわ！　ああっ、お金がいくらあっても足りない……！）

加えて、エルンストはあらゆる本をこよなく愛し、本のために生きる趣味人である。家の中のあちこちには、彼が蒐集《しゅうしゅう》した書物がところ狭しと積まれて、並べられており、その隙間で一家七人が暮らしているというありさまだ。

もっとも、その偏執的な趣味が仕事に結びつき、爵位を授かったわけだが、何事にも限度というものはある。

「あら、あなた。また新しい本を買ったの？」

遅れて顔を出したのは、ルシアの母であるモニカだった。両手に載せたトレーには、一家七人分の朝食が乗っている。古びて硬くなったパンと、作り立ての温かなスープだ。

「そうなんだ、モニカ。著名な学者であるヴォルス氏が編纂《へんさん》したものでね……」

「まあ、素敵《すてき》」

熱っぽく語るエルンストに、モニカは満面の笑みを向けながら、手早く朝食の用意を進めていく。いつまで経《た》っても純粋に夢を追う夫を、妻は深く愛しているのだ。

だが、その結果、長女であるルシアが一手に家計の責任を担う羽目に陥っている。

（仲睦まじいのは結構だけど、少しは家族のことも考えてほしいわ）

家計簿をしまうと、ルシアは朝食の用意を手伝い、まだ夢の中にいる弟妹たちを起こす。

ルシアに両親、妹が二人、弟が二人。七人全員が揃った食卓で、いつもどおり朝食を食べ始めると、エルンストがふと、思い出したようにルシアを見た。

「そういえば、ルシアは今、なんの仕事をしているんだい？」

「マーサおばさんのところで店番の手伝い、ダンおじさんの給仕と、それから……」

ルシアが指折り数えているのは、引き受けている仕事の数だった。

父の持つ男爵位は、職務を補佐するための肩書きに過ぎない。彼が亡くなれば王家に返還することになるだろう。

（けど、爵位がある今なら、私たちは貴族。学費さえあれば弟たちは王立学園に進学させられるし、妹たちは社交界に出してあげられる……！）

貴族の子息のみが通うことを許される王立学園は、このアランデル王国にとって高等文官や王立軍の士官への入り口となる、重要な教育機関だ。国家にとって必要な人材を育成する学《まな》び舎《や》であるため、国からも大量の補助金が投入されている。

（父様が本の虫でなければ、コツコツ貯金していけば払える金額なんだけど……）

弟たちの学費問題が解決したとしても、妹たちを貴族の淑女として社交界に送り出すためには、相応の支度金――ドレスや化粧品、宝飾品を用意するための、こまごまとした、しかし莫大な金銭も用意しなければならない。

可愛《かわい》い妹たちには、できるだけ良い殿方に嫁いで、苦労のない生活を送ってほしい。そのためにも、出会いの場である社交界への出席は必須だ。

（この子たちには、絶対に、私みたいにお金のことばかり考えるような生活はさせない）

ルシアはそんな一心で、常に大量の仕事を掛け持ちして働いていた。

給仕に針子、店番に子守、配達に調理……。近所の人々はみんなすっかり顔見知りで、働き者のルシアにいつもよくしてくれる。

食事を終えたルシアは、部屋の隅に置かれた鏡を使い、弟妹たちの身支度を整えてやる。

一番下の妹の髪を結びながら、鏡に映る自分の顔をふと見やれば、肌はうっすら日焼けしているし、母親譲りの金の髪もぱさついて艶がない。

櫛《くし》を持つ手も、水仕事でガサガサだ。おまけに、針子の手伝いをしているときに作った傷がいくつもある。とてもではないが、貴族の令嬢の手には見えない。

（ま、男爵令嬢なんて、肩書きだけだしね）

妹の髪を綺麗《きれい》に編み込むと、ルシアは弟妹たちを近所の教会で行われる勉強会へと送り出した。

「いってらっしゃーい！　……さて、私も出かけなきゃ」

頭上に広がる空は快晴。今日もいい天気で仕事が捗《はかど》りそうだ。

（子どもの頃は、綺麗なドレスを着て舞踏会に行く……なんて夢見たこともあったけど。でも、私、今の生活も嫌いじゃないし）

空と同じ青色の瞳を瞬《また》かせ、ルシアはうーん、と伸びをした。

ただ一度だけ参加を許された社交界。今から三年前、十五歳のルシアがデビュタントで着たのは、借り物でサイズの合っていないドレス。それでも誇りを持って胸を張り、両親と共に先代の国王陛下にお辞儀をした――その思い出だけで、十分すぎるくらいに幸せだ。

「ああ、ちょっと待って、ルシア」

張り切って出かけようとしたルシアを止めたのは、玄関にいた父エルンストだ。彼はさっきから、百科事典が届くのを今か今かと待っているのだった。

「なあに？　そろそろ出かけないと、店番に遅れちゃう」

「ルシアは、ファルコ侯爵家を知っているかい？」

「ええ、名前だけは」

ルシアはうなずいた。ファルコ侯爵家といえば、このアランデル王国に暮らしている者なら誰もが知る有力貴族。建国より王家に仕えていることからその信頼は厚く、広大な領地には宝石鉱山や穀倉地帯などを抱え、莫大な財産を築いている。

「同じ貴族でも、うちとは別世界の大金持ちよね。それがどうかしたの？」

「それがね、ファルコ侯爵家のご当主が最近、事故で代替わりしたんだ。新しいご当主はまだ独身でね。国王陛下のご命令で、結婚相手を探すパーティーを開くそうだよ」

「えっ？　まさか私に、そのパーティーに出席しろというわけじゃ……」

「はは、行きたいと言うのなら、父親としてできるだけのことはするけどね。ルシアに聞いてほしいのは、そのパーティーのために侯爵家が臨時雇用のメイドを募集しているということさ。給金は、ええと……ああ、これだこれだ」

エルンストがポケットから取り出したのは、件《くだん》の募集要項が書かれた書類だった。

ルシアは折れてヨレヨレになったそれを受け取ると、ざっと目を通し——絶句する。

「……父様、これ、本当？」

給金の欄の金額が、見たこともない数字だった。一日働くだけで、オーゲン男爵家七人の一か月分の生活費が余裕で賄《まかな》えてしまうほどだ。

「パーティーの準備を含め、雇用期間は一週間。優秀な者はその後の継続雇用もあり……こうしてはいられないわ！」

侯爵家にメイドとして雇われたら、弟妹たちの未来に満足のいく金額を残すことができる。こんなに好条件の仕事は、もう二度と見つからないかもしれない。

ルシアはぐっと拳《こぶし》を握りしめると、勢いよく父の方へ振り向いた。

「父様！　私が一週間いなくても大丈夫よね⁉」

「そう言うと思ってたよ」

エルンストはにっこり笑うと、大きくうなずいた。

「エレーナたちにも、ルシアはしばらく家を空けると話してある。家のことは僕たちに任せて、好きなようにおやり」

「ありがとう、父様！」

ルシアは家を飛び出すと、さっそく応募のための準備に奔走するのだった。

＊　＊　＊

オーゲン男爵家という肩書きが幸いしてか、それとも単なる人手不足か。

ルシアは無事、ファルコ侯爵家の臨時のメイドに即採用されることとなった。

同じく臨時雇用のメイドとして働く者の中には、似たような境遇の下級貴族の娘のほか、王宮から派遣されてきたというベテランもいる。

お仕着せのメイド服を着て慌ただしく働いていると、一週間なんてあっという間だ。

そして、結婚相手を探すために開かれるというパーティー当日——。

掃除用具一式を抱えたルシアは、中庭にある広い庭園の只中《ただなか》で、迷子になっていた。

「ここ、どこ……？」

途方に暮れた面持ちで、ぽつりとそう呟く。

ファルコ侯爵家の屋敷《タウンハウス》は、王都でも有数の広さだ。噂では王宮に次ぐ面積を誇っているとか、なんとか。

実際、一週間働いた程度では、どこにどんな部屋があるのか、ほとんど覚えられない。ルシアが知っているのは、使用人の控え室と、厨房や洗濯室などの頻繁に行き来する部屋、それとパーティーの会場となる大広間くらいだ。

（こんなにだだっ広い屋敷、いったいなんのために必要なのかしら。お金持ちの考えることはさっぱりだわ）

自らも貴族の令嬢であることは完全に棚上げし、ルシアは首を傾《かし》げる。

とはいえ、普通に仕事をしている分には、迷子になることはない。廊下の窓拭きに、埃《ほこり》取《と》り、床磨き。指示されるがまま動くだけなのだから。

にもかかわらず、ルシアがこんな庭園の真ん中で道に迷っているのは、廊下を掃除している最中に落とし物を見つけたためだった。

深紅の宝石が嵌《は》まった、小さなロケットペンダント。中に入っていたのは、身なりの良い男女の肖像画だった。それを見るに、落とし主は、おそらく身分の高い人間だろう。

メイド長か、執事か、ともかく届けなければ。ルシアがそう考えたのと時を同じくして、古参の使用人たちが慌ただしく屋敷の中を行き来し始めた。その中にメイド長の姿を見つけて追いかけているうちに、見ず知らずの場所に出てしまった、というわけだ。

「ああっ、早く戻らないと怒られちゃう。せっかく一週間真面目に働いて、良い評価も貰えてたのにーっ！」

ルシアはあたふたと周囲を見回す。だが、庭園は刈り込まれた生け垣によって迷路状になっており、どちらから来たのか判別がつかない。

（臨時雇用のメイドには立ち入りが禁止されている部屋もあるし、下手に動いたらまずいかも。でも、こうしている間に、仕事をさぼってるなんて誤解されたら……！）

焦りは膨らむが、打開策は見つからない。

ルシアがじりじりとその場に留《とど》まっていると、不意に、なにかが聞こえた。

「とうさま、かあさま、どこ……?」

幼い子どもの泣き声だった。すぐ近くから聞こえてくる。

声を頼りに庭園を進むと、開けた場所にある東屋《あずまや》の中で、しゃがみ込んでいる人影を見つけた。

小さな、とても小さな男の子だ。艶のある黒髪に、一見してわかるほど上等な服装。年の頃は、まだ二つか三つだろうか。

（パーティーの参加者の子が迷子になったのかしら？　でも、結婚相手を探すために、舞踏会をやるって聞いてるけど……）

そんな催しに子どもを連れてくる人間がいるだろうか、と考えながら、ルシアは東屋に向かった。本当に迷子だとしたら、保護しなければいけない。

「こんにちは」

ルシアは男の子を怖がらせないよう、ほんの少し距離を取った場所で屈《かが》み込んだ。その顔には、優しい笑顔。泣き続けている男の子を、少しでも安心させてあげなければ。

「ひっく、ひっく……おねえちゃん、だあれ？」

男の子はおずおずと顔を上げ、ルシアを見つめた。

（……か、可愛い！）

なんて目鼻立ちの整った子どもだろう。涙に濡《ぬ》れた瞳の色は、ガーネットのような深紅。まるでさっき拾ったペンダントの宝石のようだ。

（って、見惚《みと》れてる場合じゃなかった！）

ルシアはすぐに我に返ると、男の子が怖がらないことを確認し、そばへと近付いた。

「私はルシア。この屋敷に雇われてるメイドよ。あなたは……今日のパーティーに呼ばれた子かしら？」

「ぼく、カイル。ひとりで……さびしくて……」

男の子――カイルは、潤んだ瞳でルシアを見上げる。

「とうさまとかあさま、どこかにいっちゃった……」

「泣かないで、カイル。あなたのお父様とお母様は、私が必ず探してあげます」

お仕着せが涙に濡れるのもかまわずに、ルシアはカイルを抱きしめた。すると、腕の中の小さな体が、ほっと安堵《あんど》に緩む。

（子どもの体温って、あったかい。ベルも、数年前までこんな感じだったわね）

ルシアが一番下の妹のことを思い出していると、カイルがおずおずとルシアを見上げた。

「ほんと……？」

「ええ、もちろん。……そうだ。約束しましょうか」

ルシアはカイルの小さな手を取ると、その小指に自らの小指を絡めた。

「私はカイルのご両親を探します。もし約束を守れなかったら、こわーい悪魔が私を叱《しか》りに来ます。はい、指きり」

いたずらっぽい顔で誓いの言葉を口にしたルシアに、カイルは驚いた様子だった。

「だ、だめだよ！　ルシアがこわいおもいをしちゃう！」

「あら、心配してくれるの？」

ルシアはふふっと笑った。約束のために使った文言は、ごく普通に使われる、ありふれたものだ。だが、カイルは初めて聞いたのだろう。深紅の瞳をまん丸にして、泣くことを忘れるほど驚いている。

(それにしても、この子、すごく頭がいいのね。自分が不安なのに、私の話をきちんと聞いてるわ)

ルシアはオロオロと自分を見上げるカイルの頭を、優しく撫でた。

「大丈夫。カイルのお父様とお母様は、私が必ず見つけるもの。だから安心して。ね？」

ルシアの問いかけに、カイルは驚いたように目を見開いた後、こくんとうなずいた。

「よし！　じゃあ手を繋《つな》ぎましょうか」

「……うん」

ルシアが差し出した手を、カイルははにかむように微笑《ほほえ》み、ぎゅっと握りしめる。

「それじゃあ、さっそく……」

「見つけたぞ、カイル！」

ルシアが歩き始めようとするのと同時に、背後から男性の声がした。

慌てて振り向くと、そこにはひとりの青年が立っていた。カイルと同じく上等な衣服に身を包んでおり、黒髪、深紅の瞳をしている。顔立ちがどこか似ているところを見るに、もしや、彼が探していたという父親だろうか。

だが、ルシアがなにか口を開くよりも早く、青年は苛立《いらだ》ちも露《あら》わに、早足でカイルの元へ歩いてきた。途端、繋いだ手がぎゅうっと強く握られる。見ると、カイルは怯《おび》えた顔で、突然現れた青年の様子を窺《うかが》っていた。

「まったく……部屋にいろと言っただろう！　どうして言うことが聞けないんだ！」

「あの、ぼく、とうさまとかあさまをさがしてて、それで」

「探す？　なにを馬鹿《ばか》なことを言っている。とにかく戻るぞ」

青年は、ルシアが繋いでいたカイルの小さな手をひったくるように奪うと、そのままずかずか歩き出そうとする。

まるでルシアが見えていないかのような振る舞いにカチンときたが、使用人をいないものとして扱うのはお偉方の貴族によくある話だ。

だが——どうしても許せないのは、カイル怖がっているのに、それを気にも留めていないところだった。

「まって、おじさま」

「いいから、こっちに来い！」

青年はカイルの様子なんていっさい見ていない。ただ自分の都合ばかりを押し付けようとしているだけだ。

だから——考えるよりも先に、体が動いていた。

「ちょっと、待ってください！」

ルシアは青年の前に立ち塞《ふさ》がると、カイルの小さな体を奪うように抱き寄せた。

「こんなにも必死に待ってほしいって言ってるでしょう！　聞こえないんですか？　それとも、立派な大人のくせに、子どもの言葉に耳を貸せる余裕もないんですか⁉」

ルシアは青年をきつく睨《にら》みつけると、一息でそう言い放つ。

「なんだと……？」

青年はぎろりとルシアを睨み返した。冷たい怒りを孕《はら》んだその視線は、全身が竦《すく》み上がるほどの迫力だ。

だが、ここで引くわけにはいかない。お仕着せのスカートの裾を摑《つか》み、カイルが不安そうな顔でルシアを見上げているからだ。

（そうよ、今、カイルを守れるのは私だけなんだから！）

割のいい仕事は惜しいが、人としての矜持《きょうじ》を金で売り渡すような真似《まね》はしたくない。

ルシアは自らに活を入れるかのように、ぐっと胸を張る。

そうしてしばし、剣呑《けんのん》な様子で向かい合い——先に根負けしたのは、青年の方だった。

「その格好、君は今日のために雇われたメイドか」

「ええ、そうです。それがなにか？」

つんと澄ました顔でうなずくと、青年はルシアを頭のてっぺんからつま先まで視線を走らせた。

「人のことをじろじろと見るなんて、失礼じゃありませんか？」

「君の業務を変える。その子を守りたいと言うのなら、これからは子守として、住み込みで働け」

「……はぁ!?」

あまりにも予想外のことを言われ、ルシアは思わず間抜けな声を上げてしまう。

「勝手なことを言わないでください。だいたい、それを決めるのはあなたではなくて、雇い主のファルコ侯爵様で……」

「俺が、ファルコ侯爵家当主、ギルバートだ」

「……え？」

目を丸くしたルシアに、青年——ギルバートは、こめかみを押さえた。

「まさか、俺が誰かも知らずに喧嘩《けんか》を売っていたとはな。ずいぶんと気の強いメイドだ」

(嘘《うそ》でしょ？　侯爵なんて身分の人は、もっと優男《やさおとこ》って感じの見た目じゃないの……!?)

ルシアが偏見に満ちたことを考えてしまうのも無理はない。ギルバートと名乗った青年は、ひと目見てわかるほどに鍛え上げられた体つきをしていたのだ。

「実のところ、カイルの扱いには手を焼いている。君に懐いたのなら、話が早い」

「あの、カイルはあなたのペットじゃありません。そんな簡単に……」

「報酬は倍……いや、三倍は出そう。どうだ」

「三倍!?」

今だって、一日働くだけで一家七人の生活が賄えるくらいの金額なのに、さらに三倍!?

(それだけ稼げたら、もう弟妹全員を路頭に迷わせる心配がなくなる……!)

目の色を変えたルシアに、ギルバートは再び冷静な口調で宣言する。

「五倍」

「うっ……」

想像すらできない金額に、頭がくらくらしてきた。

立ちくらみを起こしたルシアを、ギルバートは難なく受け止める。よろめいた拍子に、先ほど拾ったロケットペンダントが懐からするりと落ちた。

「あ、とうさま、かあさま」

するとおずおずと様子を窺っていたカイルが、ロケットペンダントを拾い上げた。

「よかったぁ……。ルシアがみつけてくれたんだ」

カイルがぎゅうっとペンダントを両手で握りしめる。どうやら、探していたのは両親ではなく、その肖像画だったようだ。

（とりあえず、カイルとの約束が守れてよかった）

……と、ルシアが考えていると、自分を支えてくれたギルバートと目が合った。

それはもう、ばっちりと。

「君、名前は」

「……ルシア・オーゲンと申します、旦那様」

丁寧な言葉遣いとは裏腹に、ルシアの表情はいかにもぶすくれて、不満そうだ。

「俺が雇い主とわかって言葉遣いだけは変えたか。頭は悪くないようだな」

だが、かえってそれが面白かったのか、ギルバートはにやりと笑った。

「……あの、ひとつだけ質問をしても？」

体勢を立て直したルシアは、ギルバートとカイルを交互に見つめる。

「旦那様」

「ギルバートでいい」

「では、ギルバート様。カイルはいったい何者ですか？　あなたのご子息……では、ありませんよね？　今日のパーティーは、あなたの結婚相手探しのためのものですもの」

「カイルは先日亡くなった俺の兄、先代ファルコ侯爵の息子。つまり甥だ。俺は彼を立派な時期当主に育て上げるため、一時的に爵位を継いだに過ぎない。結婚も、そのために国王陛下から命じられたものだ」

ギルバートはそう言うと、神妙な面持ちで事の成り行きを見守っていたカイルへ視線を移し、かすかに口の端を持ち上げた。

「カイル、今日からこの女をお前の子守につける。しっかり言うことを聞くんだぞ」

（……もしかして私、大変なことに巻き込まれてる？）

ルシアは状況を呑《の》み込み切れないまま、さあっと顔を青くしたのだった。

＊　＊　＊

「家に帰るなってどういうことですか⁉」

カイルとギルバートとの出会いから数時間後――ルシアは侯爵家の執務室で、悲鳴にも似た声を上げていた。

「言葉どおりの意味だ」

雇用契約書が置かれた机を挟み、向かい側にギルバートが座っている。

こういった契約は執事やメイド長から説明を受けるのが普通だが、今回は次期当主の養育係という重要案件だったため、彼が自ら説明を買って出たのだった。

「家族に説明が必要なら、俺の署名を付けて手紙を書いて今日中に届けさせる。金の心配がないように、ここに書いてある報酬の一か月分を前金として渡してもかまわない」

「でも、手紙だけでは、心配をかけてしまいます。きちんと自分の口から説明させてください！」

なにしろ、今日の仕事が終われば家に帰るはずだったのだ。末っ子の妹、ベルは、ルシアにたいそう懐いている。帰ってこないとなれば、恋しがって泣き出すかもしれない。

「悪いが君を信用したわけではないのでな」

「そんな……」

冷淡な声に、ルシアはわなわなと肩を震わせた。

「カイルは侯爵家の大切な跡取り、俺の兄の忘れ形見でもある。君を自由にさせて、怪しげな輩《やから》にかどわかされてはたまらない」

「私はそんなことしません！」

「仮に君の言葉を信じるとする。だが、その家族は？　親戚は？　友人は？　知人は？」

ギルバートはそう言いながら指折り数えていく。

「わかるか？　君ひとりを目の届く場所に置いておいた方が、よほど安全だ」

「だからって……！」

「俺はまだ、君という人間を知らない。働きぶりで信用を勝ち取るか、あるいは解雇されるか。ここで今、どちらかを選びたまえ」

なおも食ってかかろうとしたルシアを、ギルバートは視線の鋭《するど》さひとつで黙らせた。

だが、ルシアはまったく怯《ひる》む様子を見せず、むしろ挑むように睨み返している。

説明のために同席していた執事は、そんな二人の攻防をはらはらと見守っていた。

すると、そのとき。不意に、部屋の扉が勢いよく開いた。

「けんか、だめっ！」

あどけない声と共に室内に飛び込んできたのは、慌てた顔のカイルだった。その後ろからは、子守役と思《おぼ》しきメイドが数人走ってくる。

「カイル、部屋で待っているようにと言っただろう」

ルシアを庇《かば》うように立ち塞がったカイルを、ギルバートは眉間に皺《しわ》を寄せて見やる。

「で、でも、おじさま、ルシアのこといじめてた……」

「人聞きの悪いことを言うな。これはれっきとした雇用契約の説明だ」

「こよ、よ……？」

幼い子どもを相手にしているにもかかわらず、ギルバートの口調はルシアに対するそれと変わらない。言葉の意味が理解できず、カイルはちょこんと首を傾げた。

（融通の利かない人ね。呆れるわ）

ルシアが内心でため息をついていると、ギルバートは書類の署名欄を指先で叩《たた》く。

「ともかく、だ。カイルと共にこの部屋を出たいのなら、ここに今すぐサインしたまえ」

「……わかりました」

ルシアは羽ペンを受け取ると、書類に自分の名前を書く。

「君が信頼に値する人間であると判断できれば、ある程度の自由は与える。それまではカイルのため、しっかりと働くことだな」

書類を確認すると、ギルバートはルシアたちに退室を命じた。

廊下に出たルシアは、扉が閉まったのを確認し、べーっと舌を出す。

「旦那様の迫力に呑まれないとは、素晴らしい胆力ですね」

ずっとやり取りを見守っていた執事は、感心した様子でルシアを見つめた。

「ご、ごめんなさい、つい！」

むしゃくしゃしていたとはいえ、主人に対して失礼なことをした自覚はある。

「お気になさらず。旦那様は悪い方ではないのですが、色々と言葉が足りないところがおありですから。あなたのように気丈な方がカイル様のそばについてくださるのであれば、私としてもひと安心です」

「……あの。ギルバート様は、その……もしかして、訳ありなのですか？」

先ほどまでのやり取りで疑問だったことを、ルシアは思い切って口に出す。

すると、執事はおや、と片眉を上げげた。

「ルシアさん。あなたは男爵令嬢と伺っておりますが、あまり社交界の噂には詳しくないようだ」

「男爵といっても、肩書きだけのもの。平民と変わりないと思ってください」

「であれば、ここで働くにあたり、必要なことを説明しておきましょうか」

執事は子守役のメイドに声をかけ、カイルと共に子ども部屋に戻るよう命じた。

「いい子だから、少し待っていてね。執事さんとのお話が終わったら、すぐに行くわ」

「うん、ぼく、まってる！」

カイルはにこっと笑うと、素直にうなずいて部屋を出ていく。その姿に、執事はどこか感動した様子だった。

「……カイル様があのように笑う姿は、初めて見ました」

「そんな、大げさですよ」

「それが、決して大げさではないのですよ。……カイル様は、あの小さなお体からは想像もできないほど、深く傷ついておられるのです。そして、ギルバート様も」

事件は、社交シーズンを迎える直前、侯爵家の領地で起こった。

「既にお聞き及びかもしれませんが、ギルバート様は、先代侯爵の弟君《おとうとぎみ》にあたるお方です。そして、先代侯爵夫妻は、つい先日、馬車の事故で亡くなられたばかりなのです」

長雨による崖崩れで、夫妻の乗った馬車は崖下に転落し、そのまま命を落とした。

そして、領主館で両親の帰りを待っていたカイルだけが遺されたのだという。

「そんな……」

では、先ほどのロケットペンダントに入っていた肖像画は、カイルにとってはなによりも大切な両親の形見だったということか。

絶句するルシアに、執事は痛ましい面持ちで説明を続ける。

「旦那様はずっと王立軍に籍を置いていたのですが、事故を受け除隊。急遽、爵位を継ぐこととなりました。そんな事情もあり、まだ当主としての立場に馴染《なじ》めておらず……。加えて、カイル様の養育までをも任されることとなりました」

つまり、ギルバートにしてみれば、今までと生活が激変したばかり、というわけだ。

「そういうわけで、旦那様は旦那様なりに、カイル様を労《いた》わっておいでなのですよ」

「……あの態度で？」

ルシアは思わずそう呟いてしまった。どこの世界に、傷ついた子どもを怒鳴りつける保護者がいるというのだろう。

「優しい方であるのは間違いないのですが、とても不器用なのです。今まで幼い子どもと接したことがないので、どうすればいいのかわからないのでしょう」

困ったものだ、と執事は首を横に振る。

「ですが、そのお気持ちは本物です。それこそ、カイル様が懐いたというだけの理由で、あなたを子守に迎え入れるほどに」

「……」

言われてみればたしかに、次期侯爵の養育に、臨時で雇い入れただけのメイドを異動させるなんて、普通は考えもしないだろう。

そして、慣れないこと続きで疲弊するギルバートを見かねた国王は、「一刻も早く結婚しろ」と命じた。

カイルの、そしてギルバート自身の補佐となれるような相手を見つければ、少なくとも、今よりも負担は軽減されるだろうから——と。

「ですので、ルシアさんは希望の星なのです！」

いつの間にか、執事は期待に満ちた目でルシアを見つめていた。

「ルシアさんのようにお強く、たくましく、面倒見のいい方が間に立ってくれるのであれば、旦那様とカイル様の距離が縮まることは間違いありません！」

（そ、そうかな）

……と、ルシアは思うものの、どうにも口に出しづらい雰囲気である。

「それに、カイル様は毎日泣いてばかりで、屋敷《タウンハウス》の使用人の誰にも、心を開こうとはなさらなかったんです」

領地を持つ貴族であれば、誰もが領地と王都の屋敷を行き来して生活している。だが、幼いカイルはまだ領地から出たことがなかった。つまり、王都の屋敷にいる使用人は、全員が初対面である。

心に傷を負い、頼れる者はなく、唯一の肉親は自分のことで精いっぱいな叔父のギルバートのみ——。

「……ルシア、お話、まだおわらない？」

そのとき、カイルが室内に入ってきた。どうやら、ルシアの言いつけを守り、ずっと部屋の外で待っていたようだ。

「ううん、そろそろ終わるわ」

「やったぁ！　じゃあ、いっしょにあそぼ」

カイルはにこーっと笑うと、ぽてぽてとルシアのそばまで歩いてきて、お仕着せのスカートの裾をぎゅうっと摑む。

すると、その様子を見ていた執事が、感極まった様子で呟いた。

「ああ、カイル様がこんな風にお笑いになるなんて……！」

事情を聞いた後では、その言葉がどれほど重い意味を帯びているのかがわかる。

「ルシアさん、どうか、カイル様を助けてください！」

「……わかりました。私にできることなら、なんでも協力させていただきます」

少し考えた後、ルシアはしっかりとうなずいた。

自分になにができるかはわからない。けれど。

（カイルが心を開いてくれたっていうんなら、頑張るしかないじゃない……！）

あんなに可愛い顔で笑う小さな男の子を、頼れる者もいない場所で独りぼっちにさせてなるものか。

ルシアはこうして、侯爵家の子守を務め上げる決意を固めたのだった。

＊　＊　＊

ルシアが侯爵家の子守として雇われてから、早くも一週間が過ぎた。

ギルバートの言葉どおり、オーゲン男爵家にはルシアの手紙と、かなりの金額の前金が届けられたようだ。

父から返ってきた手紙には「こちらは心配せず、しっかり頑張って。健康に気を付けてね！」など、両親と弟妹たちからの励ましの言葉がところ狭しと書かれていた。

（父様、母様、みんな……）

愛する家族たちからの激励に、ルシアの胸はじんと震えた。

そして、侯爵家での生活だが――今のところは、なんの不便もなかった。それどころか、今までで一番恵まれている職場環境ではないだろうか。

カイルは可愛いし、ルシアによく懐いている。

（けど、いい子すぎるのよね……。子どもらしいわがままがない、っていうか）

慣れない環境だからか、それとも周囲に気を遣っているのか、あるいはそのどちらもか。

カイルの心がどれほど傷ついているのか、ルシアが理解できるはずもない。

心の傷は目に見えない。ルシアが今、カイルにしてやれることは、毎日を丁寧に過ごすことだけだ。

一方で、雇い主であるギルバートとは、ほとんど顔を合わせていなかった。

早朝から夜遅くまで外出し、戻ってくる頃には不機嫌極まりない顔をしている。

爵位を継いだばかりで、色々と仕事や付き合いがあるのだろうが……ギルバートがカイルと顔を合わせる時間は、ほぼ皆無だった。

そのためか、カイルは——いや、屋敷の使用人の誰もが、ギルバートの顔色を窺って生活しているようだった。平然としているのは、古参の使用人と新参者で、かつ初対面で口論をしてしまったルシアくらいだろう。

(ギルバート様は、カイルに興味がないのかしら)

昼食の後、ふかふかのベッドにカイルを寝かしつけながら、ルシアは胸中でしみじみと呟いた。

なにしろ、カイルは可愛い。ぷにぷにのほっぺに、眠気でとろんとした丸い瞳。うつらうつらとし始める彼の背を、弟妹たちによく歌ってあげた子守歌を口ずさみながら、トントンと軽く叩いてやる。

「ルシア……ぼくがねむるまで、ここにいてくれる？」

不安げな上目遣いには、わがままを言いたくても言えない——そんなカイルの気持ちが表れているようだった。だから、ルシアは優しく微笑みかける。

「もちろん。だから、ゆっくり眠って大丈夫よ」

間もなくして、カイルは穏やかな寝息を立て始めた。その小さな手には、両親の肖像画が入ったロケットペンダントがぎゅっと握りしめられている。

（突然、ご両親を失うなんて、さぞつらかったでしょうね……）

それは、両親と弟妹に囲まれ、貧しくともいつも賑やかな暮らしを送るルシアには、想像もできないほどの苦しみだった。だからこそ、なんでもしてやりたい。

「さて、と。カイルが起きるまで、刺繍《ししゅう》でもしていようかしら」

と、ルシアが立ち上がった、その瞬間だった。

「……少し、いいか」

部屋の扉がノックされる。静かに顔を覗《のぞ》かせたのは、他でもないギルバートだった。

「あら、今日はずいぶんとお早いお帰りですね」

カイルを起こさないように、ルシアはそっとギルバートへ近付く。

「君を雇って一週間だ。このあたりで報告を聞きたいと思うのは当然だろう？」

ギルバートは相変わらず気難しい面持ちを浮かべている。忙しいのは理解できるが、もう少し穏やかに話しかけてはくれないものかと、ルシアは内心ため息をついた。

「では、手短に。それと、廊下でお願いします。カイルが起きてしまいますから」

つんと澄ました様子で、ルシアはギルバートを部屋の外へ押しやった。

（一週間も放っておいたくせに、今さらなにを聞きたいっていうの？）

……とは思うものの、子守のメイドとして、雇い主の命令は絶対だ。

「それで、どうなんだ」

廊下に出た途端、ギルバートにそう問われ、ルシアは首を傾げる。

「どう、とは？　具体的におっしゃっていただかないと、なにをお話しすればいいのかかりませんわ」

言葉の半分は事実で、半分は嘘だ。子守の仕事をしているからには、報告するべきことはたくさんある。ただ、ギルバートは単に義務感だけで問うているだけであり、カイルという個人のことなんて見ようとしていないのではないか――そんな印象を受けたからこそ、ルシアは少し意地悪をしてみたのだった。

「……食事は食べているか。それと、夜は眠れているか」

ギルバートは眉間の皺をさらに深くして、唸《うな》るように声を絞り出す。

「そうですね。少し好き嫌いはありますが、あれくらいの年齢であれば普通ですし。夜も、手を繋いで子守歌を歌っていると、落ち着いて眠ってくれますよ」

ルシアがすらすらと答えると、ギルバートは何故《なぜ》か、驚いたように目を瞠《みは》った。

「君は、魔法でも使ったのか？」

「……はい？」

気難しげな顔でとんでもないことを口にした雇い主に、ルシアは思わず間の抜けた声を上げてしまった。

「食べなかったんだ」

ギルバートは、ぽつりとそう呟いた。

「食事と睡眠は健康の基本だ。……だが、カイルはずっと、ほとんど食べなかったし、眠らなかった。無理に食べさせても、吐《は》いて、泣くばかりで」

「……そうでしたか」

ルシアは意地悪したことを反省した。ギルバートの殊勝な声を聞き、彼なりに幼い甥を心配していたことを感じたためだ。

「君を子守として雇ったのは正しかったようだ。今後もカイルのため、よく働くように」

ルシアが返答に困っていると、ギルバートは気難しい顔のままそう告げて、その場を立ち去った――と思いきや。

「ところで先ほどから、カイルを呼び捨てにしているようだが」

ギルバートが、不意に足を止めて振り返る。

「あっ……」

ルシアは慌てて口元を押さえた。

カイルはれっきとした侯爵家の跡取り。子守として雇われたルシアとは身分が違う。子守の最中ならともかく、養育者である雇い主の前で呼び捨てにするなど、言語道断だ。

「以後、気を付けるように」

「……かしこまりました」

ルシアはおとなしく頭を下げながら、内心で「面倒な人！」と憤るのだった。

＊　＊　＊

「そして王子様とお姫様、いつまでも幸せに暮らしました……カイル、どうかしたの？」

ある日の午前中、子ども向けの童話を読み聞かせていたルシアは、膝に乗っているカイルがどこかそわそわと落ち着きないことに気が付いた。

「え、えっと……」

頬を赤くして、もじもじと上目遣いでルシアを見つめている。そんな様子も、ひどく愛らしい。ルシアは優しく微笑むと、言葉の続きを促すように小さく首を傾げてみせた。

「気を遣わなくていいわ。なんでも言ってちょうだい」

「……あのね。おにわの、ふきだすおみずが、みてみたいの」

しばらくためらった後、カイルは小さな、とても小さな声でそう言った。

「お水……ああ、噴水ね」

ルシアは納得したようにうなずく。初夏を迎えたアランデル王国は、天気のいい日が多い。今日も朝から快晴で、水遊びをするにはぴったりの陽気だった。

(子どもはみんな、水遊びが大好きだものね。私もそうだったわ)

弟妹が増えてからは、遊ぶよりも世話を焼くことの方が多かったけど、と苦笑して。

「いいわよ。さっそく行ってみましょうか」

なにしろ、カイルはわがままらしいわがままを言わない。こんな風に自分のやりたいことを言ってきたのなんて、初めてだ。

「でも……おじさまが、いったらだめだって」

カイルの話によると、以前噴水に近付いた際、子守役のメイド共々、ひどく怒られたのだという。それからというもの、噴水を近くで見てみたい気持ちがあっても、ずっと言い出せないままだったのだそうだ。

しょんぼりと俯《うつむ》いたカイルに、ルシアは胸が締め付けられるのを感じた。ギルバートは彼なりにカイルを心配しているのだろうが、少し過保護すぎやしないだろうか。

（本当は、ギルバート様に許可を取るべきなんだろうけど……）

彼は早朝から外出している。おそらく、夕刻までは戻ってこないはずだ。

「……よしっ、ちょっとだけ内緒で行ってみましょうか。ただし、約束できる？　私と手を繋いで、絶対に離さないって」

ルシアの言葉に、カイルは大きな目をまん丸に見開いた。それから、

「うんっ！」

と、元気いっぱいにうなずいてみせる。

カイルがそんな大声を出すのは初めてだった。それくらい嬉《うれ》しかったのだろう。

「じゃあ、さっそく噴水に出発よ！」

ルシアは手早く準備をすると、屋敷の中庭に広がる庭園へと向かった。

生け垣のアーチを潜《くぐ》り抜けると、視界に広がるのは、目にも鮮《あざ》やかな新緑。そして、優美な曲線を描く、大理石の噴水だ。

「わぁ……！」

カイルは夢中で走りだそうとして——すぐに、はっとした顔で立ち止まった。ルシアのそばへ戻り、ぎゅっと手を繋ぐ。

「……これでいい？」

「ええ、もちろん！　百点満点よ！」

ルシアに褒められたのが嬉しかったのだろう。カイルは少しの間、もじもじとして、

「あのね、ありがとう！　ぼく、とってもうれしい！」

まるでお日さまのような笑顔を向けられ、ルシアも嬉しくなってしまう。

「それじゃ、もっと近くで見てみる？」

「うん！」

ルシアとカイルは手を繋ぎ、噴水のそばへと歩いていった。

（しかし、近くで見れば見るほど、立派な噴水ね。お金持ちの庭って感じ）

噴水が作られた泉の周りには、薔薇《ばら》の生け垣が張り巡らされ、緋色《ひいろ》の花が優美に咲き乱れている。水面に映る薔薇が鮮《あざ》やかに揺らぎ滲《にじ》む様子は、まるで絵画に描かれたような美しさだ。

「わぁ、つめたい」

泉の縁へしゃがみ込み、カイルはそっと水面へ手を伸ばす。

「おみず、きれい。きらきらしてる」

「ええ、そうね。でも、危ないからあまり身を乗り出さないように……」

ルシアがそう言った瞬間、泉を覗き込んでいたカイルの体がぐらりと傾いだ。

「危ない！」

カイルが水に落ちる寸前、ルシアは素早くその体を抱き留めた。

「よいしょっ……と。大丈夫、カイル？」

カイルを抱き上げて膝に乗せると、ルシアはその様子を確かめた。どうやら、顔を水につけただけで済んだようだ。前髪から水滴が滴《したた》り落ちている。

「おはなにおみず、はいった……ふええ、いたいよぅ……」

「それは痛いわね。でも、ちょっとだけ我慢してれば治るわ。できる？」

ルシアはじっとカイルの目を覗き込む。

「……うん、がまんする」

カイルは真面目な顔で、こくんとうなずいた。

「よし！」

幼い子どもなりに決意を秘めた様子の面持ちに、ルシアは嬉しくなってしまう。

ルシアはあらかじめ用意しておいた布で、カイルの濡れた顔や髪を丁寧に拭《ぬぐ》っていった。

「お水っていうのは、綺麗なだけじゃなくて怖いものでもあるのよ。私も気を付けるから、カイルもあんまり近付きすぎないように気を付けて……」

「そこでなにをしている！」

次の瞬間、平和な庭園に不似合いな、特大の怒声が響き渡った。

ルシアは、慌てて声のした方向へと顔を向ける。庭園の入り口には、ギルバートが立っていた。ルシアとカイルを順に見やり、大股で歩いてくる。

「誰が噴水に近付いていいと言った」

静かな、しかし、はっきりとした威圧を感じる声だった。一瞬、意識が遠くなる。

（……い、いけない！　私が、カイルを守らないと……！）

うまく力の入らない膝で、ルシアが一歩進み出る。

「あの、私が勝手にやったんです。天気がいいから、カイルも水遊びをしたいのではないかと思って。ですから、万全の準備をして……」

カイルが行きたがったから、なんて、口が裂けても言わない。それは彼のわがままを受け入れたルシアの矜持だ。だが、そのことが、ますますギルバートを怒らせたようだった。

「何度言えばわかる。使用人風情が、侯爵家の嫡男を呼び捨てにするなど、言語道断だ！

そのように弛《ゆる》んだ気持ちだから、自分が預かっている相手を軽く扱えるのだ！　カイルが水に落ち、もしものことがあったらどうするつもりだった⁉　今日限りで君は解雇だ！　とっととここを出ていけ！」

そのとき、ルシアを一方的に叱責《しっせき》するギルバートを見て、カイルが飛び出した。

「まって、おじさま！　ルシアはわるくないの！　ぼくが……！」

「黙れ！　俺がどれだけ、お前のことを……！」

ギルバートの大声に、カイルが身を竦ませ――その足がもつれた。

「あっ……！」

ルシアは急いで手を伸ばしたが、間に合わない。

小さな体が、どん、と勢いよく地面に倒れ込んだ。

「カイル！」

ルシアは慌てて駆け寄り、カイルを抱き起こした。すると、ぎゅうっと小さな手が彼女のお仕着せを摑む。

「ルシア……いかないで、ルシア……」

「大丈夫。どこにも行かない、ここにいるわ」

ルシアは優しい声で語りかけながら、カイルの様子を確かめた。涙目でルシアを見上げる彼の額から一筋、赤い血が落ちていく。転んだ際、額を切ってしまったようだ。

(頭を打っているわ。意識ははっきりしているみたいだけど、なるべく動かさないようにしないと)

ルシアはカイルを抱いたまま、騒ぎを聞きつけて屋敷から出てきた使用人たちへ呼びかけた。

「誰か、お医者様をここまで呼んできてちょうだい！　それに、清潔な布と水を！　傷の手当てをしないと……！」

そして、発端となったギルバートは、といえば。

「……カイル。俺のせいで、カイルが」

目の前の光景が信じられないかのように、ただ茫然《ぼうぜん》と立ち尽くすのだった。

＊　＊　＊

——夜半過ぎ。

交代のメイドがやってきたタイミングで、ルシアは子ども部屋を後にした。

「それじゃあ、後はお願いします」

簡単な引き継ぎを終えると、ランプを片手に、扉をそっと閉める。

「……カイルの様子は」

「ひゃっ……！」

廊下を歩き出した途端、曲がり角から聞こえた声に、ルシアは驚いて身を竦めた。

ランプをかざすと、暗がりに溶け込むように、ギルバートが立っていた。

「ずっと、廊下で待っていたんですか？」

「……俺を見たら、カイルが怯《おび》えるかもしれないだろう」

ギルバートはばつの悪そうな顔で、ふい、と目を背ける。その姿が、叱《しか》られた後の弟とどこか重なり、ルシアはああ、と納得した。

（なるほど。この人はこの人なりに反省している、というわけね）

庭園での騒ぎの後、カイルは大急ぎでやってきた医師の診察を受けることとなった。

医師やルシア、それに周囲の大人たちが皆慌てていたことから、カイルはひどく怯え、泣き喚《わめ》き、その診察は困難を極めた。

「一晩様子を見てみないとわかりませんが、軽く額を切っただけかと」

なにかあったらすぐに連絡するように、と告げ、医師は帰っていった。

その後、カイルは子ども部屋に寝かされたのだが――。

「やだ、やだ、ルシア、ここにいて！　どこにもいかないで！」

「大丈夫よ、カイル。どこにも行かないから」

カイルはずっと恐慌状態のまま泣き喚き、ルシアにしがみついて離れなかった。

「カイル……様なら、よく眠っておられますよ。特に異常も見られません。それでは、私はこれで」

ルシアは手短に報告すると、使用人の控え室へ向かおうとした。お仕着せのエプロンがカイルの涙と鼻水ですっかりぐずぐずなので、着替えようと思ったのだ。

だが、歩き出したルシアの手を、足早に近付いてきたギルバートが摑んだ。

「申し訳ありませんが、私は今日は寝ずの番です。もし、夜中に目が覚めたとき、私がいなかったらカイル様が泣いてしまいます。早く着替えて戻らないと」

「その……すまなかった。カイルのことも、呼び捨てでかまわない」

苦しげに絞り出されたギルバートの言葉に、ルシアは目を丸くした。

「まさか、それを言うために、ここに？」

「悪いか」

そう返すギルバートの顔は、ひどく頼りなく見える。

(私よりもずっと背が高くて年上なのに、今は、まるでカイルと同じくらいの子どもみたい。昼間とは別人ね)

捨てられた子犬を見ているようで、なんとなく、放っておけない。

ルシアは立ち止まると、まっすぐに彼の目を見つめた。

「ギルバート様。それは、なにに対しての謝罪ですか?」

「今日起こったこと、すべてに対してだ。冷静になって考えてみれば、あのとき、カイルは顔や髪を濡らしただけで、溺《おぼ》れたわけではなかった。それどころか、あの子を命の危機に晒《さら》したのは、他でもないこの俺だ」

そうですね、と言いたいところを、ルシアはぐっとこらえる。ここまで落ち込んでいる人間をさらに追い詰めるのは、さすがに気が引けた。

「こんな短い間に、カイルがこれほど君のことを頼りにしているとは思わなかった。……俺は、結果としてあの子の体も、心も傷つけただけだ」

だが、ギルバートはそれきり黙り込んでしまい、その場から動く様子もない。

まだ話は続くのか、それとも立ち去ってもいいのか。ルシアが困っていると、

「……なにも言ってくれないんだな。いつもは、あんなに威勢よく喋《しゃべ》るくせに」

「まさか、怒られたかったんですか?」

「……」

ギルバートが気まずそうに俯《うつむ》く。どうやら図星だったらしい。

「呆れた……」

ルシアはため息をつくと、ギルバートの胸に人差し指を当て、その顔を見上げた。

「あのですね、今回の件については、メイドである私の過失が大半です。それ以外のことは、こう言うのもなんですが、不幸な事故にすぎません」

「だが……」

「私は使用人です。雇用主を怒ることはできません。でも、質問をすることはできます。ギルバート様、カイルを噴水に近付けることを禁止したのは、あの子を守りたかったからですよね？」

ギルバートは小さくうなずく。

「あの子は俺にとって、数少ない肉親だ。尊敬する兄夫婦の忘れ形見でもある。なんとしても、失うわけにはいかない」

先ほどまでの弱々しさからは一転、ギルバートの言葉には、確固たる決意が宿っている。

（本当に、カイルを大切にしているのね……）

が――ルシアは、子守をする中で、薄々感じていたことがあった。

「ギルバート様の気持ち、肝心のカイルには伝わってないのではありませんか？」

「いや、それは……伝える必要があるのか？　あんな幼い子に、理解できるのか？」

ルシアの率直な指摘に、ギルバートは渋い表情を浮かべる。

「子どもを侮りすぎです。カイルはもう三歳。いくら幼くても誠意を尽くせば言葉は通じます。好きなことも嫌いなこともたくさんあるし、色々なことを我慢しているんです」

「では、やはり俺が噴水に近付くことを禁じたことが原因だ、と」

「ああもう、結論が短絡すぎます！」

ルシアはつい声を荒らげ、それから仕切り直すようにひとつ咳払《せきばら》いをした。こんなところで口論をしていたら、子ども部屋に声が届いてしまうかもしれない。

「ギルバート様、まずはきちんと伝えてください。カイルを大切に思っている、と。それから、危ないことを頭ごなしに禁じるのではなく、条件付きで許して差し上げるのはいかがですか？　例えば……噴水で遊ぶときは必ず、ギルバート様が一緒にいるとか」

「俺が？　だが、カイルが怖がるのでは……」

「そこをなんとかするのが養育者の責任でしょう。今までなにを学んできたんですか！」

自信のなさそうなギルバートに、ルシアはつい、弟を叱るような口調になってしまう。

「……悪かったな。あれくらいの子どもと接するのは苦手なんだ」

ギルバートはむっとした様子で唇を引き結んだ。

「では、それも改善していきましょう」

「できるのか？」

もちろん、とルシアはこともなげにうなずく。

「子どもの扱いが苦手なのは、単純に接している時間が短いからです。……そうですね、明日から必ず、カイルと共に朝食を取るようにしてください。できれば昼食、夕食も一緒だと望ましいです」

「それだけでいいのか？　であれば、善処しよう」

「ええ、お願いします。では、私は着替えてまいりますので」

ルシアが一礼して歩き出すと、その背中へ声がかけられる。

「……ルシア！」

「まだ、なにか？」

ルシアが面倒そうに振り向くと、ギルバートは真摯《しんし》な眼差《まなざ》しを彼女へ向けていた。

「すまなかった。それと、ありがとう。君を解雇するという発言は撤回する。これからも、カイルと……俺のそばにいてほしい」

率直な言葉に、ルシアは胸が温かくなるのを感じた。

「ええ、喜んで。代わりに、お給金は弾《はず》んでくださいね」

自然とこぼれる笑みと、照れ隠しの言葉。

――柔らかな夜の雰囲気が作り上げた奇跡のような時間は、こうしてひとまずの終わりを迎えたのだった。

＊　＊　＊

翌日の朝。ルシアは何故か、侯爵家の食堂にある、大きなテーブルに着いていた。

隣では、子ども用の椅子《いす》に座ったカイルが、ぎゅうっとそのスカートを摑んでいる。

「ルシア、あのね、ぜったいにここにいてね。ぜったいだよ！」

「ええ。どこにも行かないから、安心して」

額に包帯を巻き、不安を訴えるカイルへ、ルシアが笑顔を向けた、そのとき。

「すまない。待たせたか」

慌てた様子で姿を見せたのは、ギルバートだった。

途端、カイルの全身が緊張するのがわかる。

（まあ、昨日の今日だものね……）

――今朝の朝食は、ギルバートと一緒に食べることになった。

ルシアがそう告げたときのカイルの顔たるや、恐怖と絶望そのもの。

絶対にルシアが一緒でなければ嫌だ、と泣き喚くカイルのため、メイドの身にもかかわらず、こうして同席することとなったのである。

「その……こうして食事を共にするのは初めてだな、カイル」

席に着いたギルバートは、おそるおそる話しかけた。

（初めてですって⁉　今までなにをやってたのよ！）

ルシアは思わず心の中で突っ込んでしまう。

表情に出ていたのだろう、ルシアを見たギルバートがぎょっとした顔で咳払《せきばら》いをした。

「あー、その。……昨日のことは、すまなかった。お前を心配するあまり、行き過ぎたことをしたのだ、と思う。俺は、カイルのことがとても大切なんだ」

不器用ながらも言葉を紡いでいくギルバートに、カイルは目を瞬かせた。

「たいせつ……。それって、おじさまはぼくのことをすきってこと？」

「ああ、そうだ」

ギルバートが生真面目な顔でうなずく。すると、カイルはぱあっと笑った。

「ぼく、きらわれてるとおもってた。……なんだ、そうだったんだぁ……」

安堵も露わなその声に、ギルバートは目を瞠り――再び、重々しくうなずく。

「これからは、毎日、こうして一緒に朝食を食べてくれないか？」

「……うーんとね、ルシアがいっしょなら、いい」

「ああ、かまわない。彼女にはこれからも、お前の子守を務めてもらうからな」

「なら、ぼくもいいよ！」

カイルの力強い返事を受けて、ギルバートの口の端にはかすかな笑みが浮かんだ。

（まったく、世話が焼けるんだから）

少しずつ歩み寄り始めた二人の様子を眺《なが》め、ルシアもまた、満足そうに笑う。


――その日をきっかけに、侯爵家の生活は変わり始めた。


ギルバートはできるだけ多くの食事をカイルと共にするようになったし、カイルも彼がただ不機嫌に見える『だけ』だということを理解し始めた。

「おじさまって、どうしていつもぎゅーっとしたおかおなの？　ごはんにきらいなたべものがはいってるの？」

ある日の夕食で、カイルが不思議そうに尋ねたことがある。

「嫌いなものはない。軍にいると好き嫌いをしている余裕はないからな」

「じゃあ、ぼくのにんじんあげる！」

カイルは皿の上にちょこんと残っていたにんじんのソテーをフォークで突き刺し、ギルバートへ差し出した。

「こら、カイル！　にんじんもきちんと食べないと、大きくなれないわよ」

「でも、もうおなかいっぱい！」

ぷい、と顔を背けるカイルは、最近、ルシアに対してわがままな部分が出てきた。

色々と面倒なことは多いが、それだけ心を許してくれたのだ、とありがたくもある。

「では、いただこう。代わりに、俺のマッシュポテトを食べてもらえるか？」

「うん！　ありがとう、おじさま！」

マッシュポテトはカイルの大好物だ。満面の笑みを浮かべる彼に、ルシアはやれやれ、と肩を竦めた。

（……まあ、仲良くなってくれるのなら、それが一番ね）

ほのぼのとした雰囲気を醸し出す二人に、ルシアも自然と笑みを浮かべるのだった。

＊　＊　＊

その日の夜。カイルの寝かしつけを終えたルシアが子ども部屋から出ると、顔を紅潮させたギルバートが部屋の外で待っていた。

「見たか、ルシア。カイルが俺ににんじんのソテーをくれたぞ！」

「ええ、よかったですね」

「会話もたくさん交わせたように思う。それに、見たか、あの笑顔を！」

廊下で話した夜以来、ギルバートはときどき、こうして仕事を終えたルシアを待つようになった。始まるのは、カイルとの交流、その成果発表だ。

（こうしていると、どっちが主人だかわからないわね）

ルシアは苦笑する。なにしろ、報告しているときのギルバートは、褒め言葉を待っているときの犬とそっくりなのだ。

「とりあえず、場所を移しましょう。カイルが起きてしまいます」

「あ、ああ……すまない。では、居間に行こう」

「では、お茶をお持ちしますから、ギルバート様は、先に行ってお待ちを」

ルシアはギルバートの返事を待たず、厨房《ちゅうぼう》へと歩き出した。

正直に言えば、早く寝たい。子どもの相手はとにかく体力が必要なのだ。

(かといって、ギルバート様を放っておくのは寝覚めが悪そうだし……はぁ)

ルシアは複雑な面持ちでお茶を用意すると、居間へ向かい、既に長椅子に着席していたギルバートの前へと運ぶ。

「君も、座ってくれ」

当然のようにギルバートのそばへ立ったルシアへ、彼はそう呼びかけた。

「今は雇用主としてではなく、同じ人間として話がしたいんだ」

ギルバートは、自分の隣、空いた座面を手で叩き、着席を促す。

「では、失礼します」

だとしても、どうして隣なのだ……と、ルシアは渋々、腰を下ろした。

「君には感謝している」

ルシアが座るなり、ギルバートは真摯な眼差しを向け、そう話し始めた。

「俺は今まで、カイルにどう接すればいいのかわからなかった。身近にあれほど小さな子どもがいたことはないし、長く軍で過ごしていたせいで、それ以外のやり方を忘れてしまっていたんだ」

切れ長の瞳は、赤ワインにも似た深紅。こんなに間近で見たことがなかったから、ルシアは今まで、その美しさに気付かなかった。

視線の強さと、吸い込まれそうなほどの深さに、頭がくらくらする。

「あ、あの……」

「うん？」

「顔が、近いです」

もじもじと俯くルシアに、ギルバートはぱっと頬を赤らめ、口元を押さえた。

「す、すまない。つい……！」

「もしかして、酔ってますか？　いつもよりワインを多く召し上がったようですし」

カイルと食事を交換できたのがよほど嬉しかったのか、ギルバートはあの後ひどく上機嫌だった。ルシアの指摘に、彼はううむ、と唸る。

「酒には強いはずなんだが……」

大げさに首を傾げたギルバートを見て、ルシアは思わずくすっと笑ってしまった。

「カイルのことになると、ギルバート様はいつも子どもみたいですね。可愛い……って、申し訳ありません、不適切な発言でした！」

つい、本心が口からこぼれてしまった。ルシアが慌てて謝罪すると、心底意外とばかりにギルバートが言う。

「……君の方が、ずっと可愛いだろう」

「え……?」

なにが起こったのか、わからなかった。

気付けばすぐ近くに、ギルバートの端正な顔があって――。

「んっ……」

唇と唇が、重なっていた。まるで吸い寄せられるように。

ギルバートは触れるような口づけを繰り返した後、ルシアの唇を食《は》むように愛撫《あいぶ》する。

柔らかさを楽しむようなその動きがくすぐったい。

「や……ん、んっ……」

ギルバートが唇をかすかに離した瞬間、ルシアは抵抗の意を見せた。が、開いた唇から、熱い舌がねじ込まれ、そのまま言葉を封じられてしまう。

丹念に口腔《こうくう》内を舐《ねぶ》られると、背筋がぞくっと震えた。

熱い。強引に絡んだ舌も、ルシアを抱き寄せた大きな手も、体も、頭も。

(溶けてしまいそう……)

ふと、そう思った。不思議と、嫌だとは感じなかった。

「ルシア……」

キスの合間に囁《ささや》く声は、ひどく艶めいていた。ギルバートの骨ばった手が背筋を撫で上げると、ルシアは甘い声が口から漏《も》れるのを止められない。

「あ、あ……っ」

やがてその手は、肩口から鎖骨へ下りていき、そして――。

「……んんっ、あ……あっ……」

衣服越しに、胸の膨らみに触れられた。その恥ずかしさに、頭がかっと熱くなる。

そんなところ、誰にも触られたことがないし、他人と比べて大きいのか、それとも小さいのかすらわからない。

（やだ、私ったら、どうしてそんなことを気にして……）

ほんのわずかに浮かんだ思考は、しかし、すぐにギルバートの愛撫に翻弄《ほんろう》され、消える。

「ああ、あ……っ、や、ぁ……んんっ……」

布越しにルシアの胸を探る指先は、やがてその頂《いただき》に小さな尖《とが》りを見つけた。途端、体にびりびりと甘い衝撃が走る。

ひときわ大きな声を上げると、その甘さすら奪うように、ギルバートは再び唇を重ねた。

胸の先端を執拗《しつよう》に捏《こ》ねられ、純真で無垢《むく》なルシアの体は、されるがまま、与えられる快楽に跳ね回る。

「ギルバート様……」

やがて、ルシアは意識も絶え絶えに、彼の名前を口にした。

途端――ギルバートは、はっとした顔で、ルシアから離れる。

「私……その、失礼しますっ！」

あまりにも驚いた様子の彼を見て、ルシアも一気に頭が冷えていく思いだった。

乱れた衣服を押さえながら、必死に使用人用の寝室へと走る。

(今のって……)

どうしてこんなことに。混乱したまま寝台に滑り込んだルシアは、そのまま一睡もできずに朝を迎えることとなったのだった。

二章

「わあ、ルシア、目がまっか！　うさぎさんみたい！」

「そうね……今日の私はうさぎさんよ……」

翌日、カイルを起こしに行ったルシアは、とてつもなく憂鬱《ゆううつ》だった。

力ない微笑《ほほえ》みを浮かべながらカイルの身支度を整えて、深々とため息をつく。

（朝食に同席しないっていうのは……無理よね）

ルシアを見上げるカイルの目は、嬉《うれ》しそうに輝いていた。この顔を曇らせるのは、さすがに忍びない。

ルシアはあきらめてカイルと手を繋《つな》ぎ、いつものように食堂へと向かった。

「あ……」

ルシアは思わず足を止めた。

出会ってしまったのだ。扉の前で、ギルバートとばったりと。

「え、ええと……」

どう話しかけたものかと、ルシアがまごまごしていると、

「おはよう、カイル。それに、ルシアも」

あろうことか、ギルバートは平然とした面持ちで、毎朝と変わらない挨拶《あいさつ》を口にした。

まるで、昨晩のことなんて、なにもなかったかのように。

「おじさま、おはようございます！」

カイルはルシアから離れると、ギルバートと手を繋ぎ、仲良く食堂へ入っていく。

ルシアは呆然《ぼうぜん》とその場に立ち尽くし、二人の背を見つめていた——が。

「どうした、入らないのか？」

振り返ったギルバートが、訝《いぶか》しむようにルシアへ声をかける。

（……どういうこと？　まさか、なにも覚えてないっていうの!?　それとも……）

「ルシア、ぼく、おなかすいた！」

思考を中断したのは、無邪気なカイルの声。

「ごめんね、すぐに行くわ」

なかったことにしよう。ギルバートがそのつもりだというのなら。

ルシアはざわつく想いを無理に抑え、カイルを追いかけたのだった。

＊＊＊

一方の、ギルバートはといえば。

（……自分で自分がわからない）

澄ました顔をして食卓に着きながらも、心の中では盛大に動揺していた。

（何故《なぜ》、俺はあんなことを。どうかしていたとしか思えない……！）

蘇《よみがえ》った記憶に、耳がかっと熱くなる。

誰かに自分から口づけたのは初めてだった。それに、優しく抱き寄せたのも。

ギルバートにとって、夜の行為はただの欲望の処理、本能を抑えるためのものに過ぎなかった。

だが——昨晩は違った。

目の前のルシアがあまりにも愛らしくて、考えるよりも先に体が動いていたのだ。

ギルバートは内心の狼狽《ろうばい》を必死に抑えながら、フォークとナイフを動かし、焼かれたハムを口に運ぶ。

と、そのとき。ひときわ風が強く吹いて、食堂の窓が勢いよく開いた。

「大変！」

カイルの横で食事の介助をしていたルシアが、慌てて立ち上がり、窓を閉める。

強い風になびく白いカーテンと、爽《さわ》やかに差し込む朝の光。ギルバートの目には、そのどちらもが、ルシアという女性を美しく飾り立てているように思えた。

（可憐《かれん》だ……）

またも無意識にそんなことを考えていた己に気付き、ギルバートは愕然《がくぜん》とした。

（俺は……いったいどうしてしまったんだ……）

やがて、モヤモヤとした気持ちのまま食事を終えたギルバートは、いつものように外出の支度を整えようとしたのだが――そこに、ちょこちょことカイルが近付いてきた。

「おじさま、おじさま」

「どうしたんだ、カイル？」

「あのね、ナイショのおはなしだから、おみみ、かして」

カイルにねだられるまま、ギルバートは窮屈そうに身を屈《かが》める。

「あのね、ぼく、ひとりでおてあらいにいけるようになったんだよ」

「そうか。まだ三歳なのに、カイルはえらいな」

それのどこが内緒話なのかと、ギルバートが不思議そうにしていると――。

「でね……おじさまとルシアがチューしてるところ、みちゃった」

「……!?」

ギルバートは目を剝《む》いた。

「か、カイル？　ゆゆゆ、夢でも見たんじゃないか？」

「ちがうもん！　だっておじさま、ルシアのこと、ぎゅーってして……」

「わーっ、わーっ！」

ギルバートは、カイルの声をかき消すように大声を上げた。

「……ギルバート様？　カイルがなにか粗相を？」

「い、いや！　俺は少しこの子と話がある！　君は先に戻っていてくれ！」

ギルバートはそう返すと、カイルを抱え上げて執務室へと走った。

ルシアどころか、すれ違う使用人の全員に奇異の目を向けられている。だが、やむを得ない。男としての尊厳がかかっているのだ。

勢いよく執務室の扉を閉め、しっかりと鍵をかけたところで、ギルバートはカイルを床へ下ろした。

「わあ、おじさまのへや、はじめてだ！　みたことないもの、いっぱい！」

カイルは興味津々といった様子で室内を見回している。

「……それで、なにが望みだ」

いくら年端もいかぬ幼子であっても、他人の弱みを突くのであれば、それ相応の要求があるはずだ。

だが、当のカイルは侯爵家の印璽《いんじ》を興味深げに触っており、ギルバートの言うことなど耳に入っていない様子だった。

「ねえねえ、おじさま、これはなに？」

「それは侯爵としての裁可を行うための印璽だ。おもちゃじゃないぞ……って、こら、遊ぶんじゃない！」

慌てて取り上げた頃には、カイルの手も顔もインクで真っ黒になっている。

ギルバートはため息をついた。本当に、子どもというものは、目を離すとなにをするかわかったものではない。

「それがあれば、おじさまはルシアとケッコンできる？」

ギルバートの手の中にある印璽をじっと見上げながら、カイルはにこっと笑った。

「おじさまはルシアがすきなんでしょ。だってチューしてた‼」

「だから、それは夢だと」

「ぼく、ルシアにずっといてほしい。かあさまみたいに、いなくなってほしくない。おじさまは？」

無邪気で純粋な問いにつられ、ギルバートは思わず考え込む。

「俺は……」

疲れ果てて屋敷に帰ったとき、ルシアが笑顔で優しく出迎えてくれたら。

カイルの様子を穏やかに語った後、ギルバートを労《いた》わるようにキスをしてくれたら。

——あの、柔らかく細い体を、夜ごと抱きしめられたら。

「あーっ！　おじさま、おかおがまっかっかだ！」

「ちちち違う！　これは、その……暑いだけで、そう！　ただの気の迷いだ！」

「まよい？」

カイルはこてん、と首を傾《かし》げた。その仕草《しぐさ》があまりにも愛らしく、ギルバートはうっと胸を押さえる。

亡き兄の遺《のこ》した、二つのもの——侯爵家とカイルを、なんとしても守りたい。

それが、今のギルバートの命題だ。どちらも、あまりにも重すぎる。

（あのように若い身空で、子持ちになってくれというのは、あまりにも酷じゃないか）

今のままなら、ルシアが嫌だと言えば、いつでも契約を解消できる。

「……戻るぞ、カイル」

ギルバートはどこか寂しげな様子でカイルを抱き上げ、執務室を出ると――。

「まあ、カイルったら！　お顔も手も真っ黒じゃないの！　ギルバート様が付いていながら、どういうことですか！」

子ども部屋にカイルを送り届けるなり、出迎えたルシアはかんかんに怒り始めた。

（まあ、無理もないな……）

我ながら不甲斐ない、と初めこそ神妙な顔でお説教を聞いていたギルバートだったが、次第に拗《す》ねたような気持ちが芽生えてくる。

「……そんなに怒ってばかりいないで、少しは笑ったらどうだ」

「はあ⁉」

しまった！　と思うものの、時すでに遅し。

（笑った方が可愛《かわい》い、と言いたかっただけなんだが……）

「誰が怒らせてると思ってるんですか！　行きましょ、カイル！　お顔と手を洗って、今日もたくさん遊びましょうね！」

怒りの気配を存分に纏《まと》い、ルシアがギルバートへ背を向ける。

「おじさまは……おはなしするのがにがてなんだね」

小さく振り向いたカイルが、気遣うように微笑む。今はそれがなによりも、ギルバートの心に深々と刺さった。

——と、そのとき。

「旦那様、こちらにいらっしゃいましたか！」

子ども部屋に飛び込んできたのは、真っ青な顔をした執事だった。

「おい、なんの騒ぎ……」

「一大事でございます！」

主の話を遮《さえぎ》るように叫《さけ》ぶと、執事は必死の形相で、ギルバートとルシア、二人の腕をがしっと摑《つか》んだ。

「あ、あの？」

「ルシアさんも、手を貸してくださいませ！　旦那様と結婚したいというご令嬢がいらっしゃったのです！」

「「……は？」」

刹那、ルシアとギルバートの声が、綺麗《きれい》に重なったのだった。

＊　＊　＊

「率直にお伝えいたしますわ、侯爵閣下。どうか、わたくしと結婚してくださいませ」

開口一番、その人物はそう言い放った。自分の発言に、微塵《みじん》も動じる様子なく。

深緑の大きな瞳を持つ、美しい女性だった。白銀《プラチナ》の髪を宝石のちりばめられた髪飾りで結い上げ、上等な生地で作られた、優雅なデザインのドレスに身を包んでいる。

「……そういった率直さは、俺にとって不快ではない。が、せめて先に自己紹介をしたらいかがかな、ご令嬢」

「あら、わたくしとしたことが、失念しておりましたわ」

渋面のギルバートを見て、白銀の令嬢は口元を扇で覆《おお》う。

「ラファーガ伯爵家のモルガーナと申します。どうぞ、お見知りおきを」

目を細め、楚々《そそ》と微笑むその表情は、見惚《みと》れるほどに美しい。ここまでの突拍子もない行動がなければ、の話だが。

「ラファーガ伯爵家というと……たしか、西方の紡績工場が有名だったたか」

「ええ。ご存じでいらっしゃいますか」

「軍の制服を新調する際、お父上であるラファーガ伯爵には世話になった。国王陛下からも色々と伺っている」

「うふふ、光栄ですわ」

ギルバートとモルガーナが探り合うように話をする横で、ルシアは丁寧に紅茶を淹《い》れ、二人の前に置く。

こういった応対は子守メイドの管轄ではない。だが、肝が据わっているルシアなら冷静な対応ができるだろう、と執事に見込まれ、対応に駆り出されたのである。

（まあ、無理もないか。ひとりで乗り込んでくる伯爵令嬢なんて、聞いたことないもの）

ルシアは澄ました顔で、ちらりとモルガーナを見やった。

ほっそりとして、儚《はかな》げで、しずしずとティーカップを持ち上げる仕草ひとつ取っても、いかにも貴族の令嬢といった美しさである。とてもではないが、こんな暴れ馬のような所業を実行するようには見えない。

「こちらからも、率直に伺おう。貴女《あなた》が俺に求婚する意図はなんだ？」

モルガーナがひとしきり紅茶を楽しんだところで、ギルバートはそう切り込んだ。

「周知のとおり、俺は国王陛下の命令で妻となる女性を探している。ゆえに、貴女の求婚を撥《は》ねつけるようなことはない。ただ、検討するにしても、理由を聞く必要がある」

「そうですね……。しいて挙げれば、利害の一致、ですかしら？」

モルガーナの実家であるラファーガ家は、領地に整備した紡績工場が成功を収めたことで、莫大な富を築き上げた。その税収で国を豊かにしたことから、国王の信頼も厚い。

「実家は兄が継ぎますが……わたくしは、今後も紡績工場の発展に関わりたいと思っておりますの。ですから、子どもを持ちたくないのです。ですが、この顔でしょう？」

モルガーナはほう、とため息をついた。

「自慢ではありませんが、アランデル王国の絹の蝶《ちょう》と呼ばれておりますのよ、わたくし」

（絹なら蛾《が》じゃないの……？）

とルシアは横やりを入れたかったが、ぐっとこらえて飲み込む。

「わたくしが欲しいものは、殿方の愛ではございません。お互いの利害が一致しているだ、け、の関係ですわ」

モルガーナはギルバートを見つめ、にっこりと微笑んだ。

「ファルコ侯爵家には、既にカイル様という跡取りがいらっしゃいます。つまり、わたくしが子どもを持つ必要はございません。……加えて、女性にも興味がないとお見受けいたします」

「誤解を招く言い方はやめてもらえるか」

渋面を浮かべるギルバートに、モルガーナは鈴の鳴るような笑い声を上げた。

「大抵の殿方は、わたくしがこうして微笑むだけで頬を赤らめ、蝶よ花よと勝手に持ち上げてくださるもの。それをなさらないというだけで好都合ですわ。突然、君の子どもが欲しい！　なんて言われても困りますもの」

「……なるほど。君の利益は理解した。では、俺が得るものは？　君の話を聞く限り、提示したいものは美貌や富といったものではなさそうだが」

「単純な話です。わたくしは、貴族としての振る舞いに精通しております。もし伴侶として迎え入れていただけたら、必ずや、貴方様《あなた》の支えとなりましょう」

つまり、突然舞い込んできた爵位に慌てふためくギルバートを的確に助けられる――と。

モルガーナはまっすぐにそう切り込んできたというわけだ。

（このモルガーナとかいう子、ずいぶんといい性格をしているご令嬢ね……）

ルシアは緊張した面持ちで事の成り行きを見守っていた。

なにしろ、仮に二人の婚姻が成立したとなれば、モルガーナはファルコ侯爵家の女主人。のみならず、カイルの義理の母親になるのだ。

（でも、そんな理由で結婚を申し込みに来るなんて……。貴族ってそんなものなの？　人生を共にするのなら、愛する人と一緒の方が幸せじゃないの？）

ルシアが思い出すのは、いつまでもお互いに仲睦《なかむつ》まじい両親の姿だった。

だが――ギルバートは、難しい顔で考え込んでいる。

一瞬、妙にかちんと来たルシアだったが、すぐに仕方がないと思い直す。なにしろ、彼の結婚は他でもない王命なのだ。

（ていうか、私、どうしてこんなにむかむかしているのかしら。こんな人、好きでもなんでもない、ただの雇い主よ。……そりゃ、昨日、あんなことをしてしまったけど）

不意に脳裏に蘇《よみがえ》った記憶に、ルシアはかっと顔が熱くなるのを感じた。

（だいたい、女性に興味がないってなに⁉ なら、私にしたキスはどういうことなの！）

「……モルガーナ嬢、君には結婚と共に義理の息子ができることになる。それについてはどう考えているのだろうか」

「優秀な子守メイドがいれば、義母としての役割など些細《ささい》なものです。それに、侯爵家を継ぐ子息となれば、いずれ王立学園に進学し、同じく国を支える若き貴族たちと互いに競い、学び合うものですわ。学園は全寮制、わたくしたちが介入する余地はございません」

（つまり、カイルの母親になるつもりはない、ってこと⁉）

ルシアは信じられないという面持ちでモルガーナを見つめた。すると、彼女はすぐに視線に気付き、怪訝《けげん》そうに目を細める。

「侯爵閣下、失礼ですが、メイドの教育はきちんとした方がよろしいかと」

ギルバートは慌てて傍《かたわ》らのルシアへ振り向くと、モルガーナに向き直って一礼する。

「無礼をお詫《わ》びする。だが、彼女はカイル……兄の遺児の子守を務めるメイドだ。その子の将来を心配して、との事情だけは汲《く》んでもらえるだろうか」

「……わかりました。どちらにせよ、今のわたくしは、侯爵家にとっては招かれざる客ですもの。今日のところは退散することにいたしますわ」

モルガーナは、優美な所作で長椅子《ながいす》から立ち上がる。

「それでは、くれぐれもよく考えてご検討くださいませ。……わたくし、とってもお買い得な女でしてよ」

モルガーナはそう告げ、侯爵家から去っていった。

「それで、どうなさるおつもりですか」

玄関先でモルガーナを送り出した後、ルシアは隣に並ぶギルバートを見上げた。

「どう、とは」

「あのモルガーナとかいうご令嬢の求婚についてです。まさか、受けるつもりではありませんよね？」

「……何故、それを君に答える必要がある？」

「カイルの将来のためです。小さな子どもの心は、柔らかくて傷つきやすいんですよ？カイルがまた心を閉ざしてしまったら、どうなさるおつもりですか」

カイルのことが大切なんでしょう、と言外に示しつつ、ルシアはギルバートを半眼でねめつけた。すると彼は、気まずそうに咳払《せきばら》いをする。

「だ、だが、俺が筆頭侯爵家を率いる者として未熟なのも事実だ。モルガーナ嬢がその支えとなってくれるのであれば、カイルの将来にとっても有用なのではないか？」

「だからって……！」

「ともかく、この件は熟慮の必要がある。君は仕事に戻るように。いいな」

ギルバートはルシアの反論を封じるように言うと、早足で立ち去っていくのだった。

＊　＊　＊

庭先に水桶を置き、インクで真っ黒になったカイルの顔や手を洗いながら、ルシアはとてつもなく憤っていた。というか、拗ねていた。

（ギルバート様の馬鹿！　人の気も知らないで……！）

我ながら、子どもっぽい態度だと思う。それでも、止められなかった。

昨夜のことなんてまるで知らない素振《そぶ》りのギルバートを見て、ルシアは、彼をひどく意識していることに気が付いてしまったのだ。

少しでも気を抜くと、じわ、と目の端に涙が滲《にじ》んでしまう。

「ルシア、どうしたの？」

顔と手を洗い終え、水遊びを始めたカイルが、心配そうにルシアを見上げる。

「な、なんでもないわ！　石鹸《せっけん》の泡が目に入っただけよ！」

カイルを安心させるように笑いかけて、ルシアは目をごしごしと擦《こす》った。

「しかしまた、剛毅《ごうき》なご令嬢がいらしたものだねえ」

近くで洗濯物を干していた中年のメイドが、しみじみとそう呟《つぶや》く。

「あれでいいとは思えないわ。利害、利害、ってそればかりじゃない！　子どもが健康的に育つためには、愛が不可欠でしょう……!?」

「でもねえ、モルガーナ様が嫁いでいらっしゃることで旦那様の仕事がぐっと減るのなら、それはそれでいいことじゃないのかい？」

自分の母ほどの年齢の洗濯メイドにそう言われ、ルシアはぐっと言葉に詰まる。

突然、爵位を継ぐにあたって発生した、山のような仕事。

ギルバートは朝こそ毎日カイルと朝食を摂るようになったが、基本的には一日中、執務室に籠《こ》もっているし、外出したら最後、夜半過ぎに戻ってくることがほとんどだ。そういった日の翌日は、ひどく疲れた顔をしている。

屋敷で働く人々は皆、そんな主人を心配していた。

「ま、使用人が口を出す問題じゃないってのは間違いないね」

「それは、そうだけど……」

ルシアが悶々《もんもん》としている間も、裏庭には、水遊びをするカイルを見つけた使用人が、入れ代わり立ち代わり集まってくる。

「カイル坊ちゃま、お着替えをお持ちしましたよ」

「今日は暑いですから、果実水をお飲みになりませんか?」

みんな、カイルに笑顔が戻ったことが嬉しくて、少しでも世話を焼きたいのだ。

「わあ、オレンジがはいってる!」

グラスの中に薄いオレンジスライスを浮かべた果実水に、カイルがはしゃぐ。

「カイルはオレンジが好きなの?」

「うん、だいすき! むかし、かあさまとおいしいオレンジのタルトをたべてね……」

言い終わる前に、母親のことを思い出してしまったのだろう。カイルは悲しそうな顔でルシアを見上げた。

「……ルシアは、ずっといっしょにいてくれる?」

「ええ、もちろんよ」

ルシアはいつものようにカイルを抱きしめた――が。

「なら……ぼくのおかあさまになってくれる？」

「……はい？」

ルシアは思わず、腕の中のカイルを見下ろした。

「ぼく、ルシアみたいなおかあさまがほしい！　いっしょにおやつをたべて、おひるねして、いろんなところにいきたい！」

（それは、子守でもできると思うけど）

とは思うものの、口には出せない。カイルの目があまりにも期待に満ちていたためだ。

すると、二人のやり取りを聞いていた年若いメイド仲間が、笑顔でうなずいた。

「そうですね、素敵《すてき》な考えだと思いますわ」

「ちょ、ちょっと！　いきなりなにを言い出すんですか⁉　だいたい、私とギルバート様じゃ、身分もなにもかも釣《つ》り合うわけが……」

「おや、そうとは限りませんよ？　先代侯爵様の奥様も、貴族としては決して高くない家柄から嫁いで来られたお方でしたから」

「うんうん。ルシアさんも一応は男爵令嬢なんだから、可能性としては全然あり。旦那様を射止めたら、すごい玉《たま》の輿《こし》だと思うよ」

にやりと笑ってうなずき合うのは、若い従者と、壮年の園丁だ。

「あなたのように気立てのいい方が旦那様の奥方になられるのなら、私たちも安心というものです。ルシアさんが来るまでは、色々と大変だったので……」

「今じゃカイル坊ちゃんはいつも笑顔だし、屋敷の雰囲気も明るい。あんたのおかげだよ」

「そんな、大げさですよ！」

「いいや、使用人の中であの迫力に怯《ひる》まず立ち向かえる人間は、あんたくらいさ」

会話が褒め言葉と謙遜の堂々巡りになった頃、ふと、カイルがルシアを見上げた。

「ルシアは、おじさまのこと、きらい？」

純粋なその眼差《まなざ》しが、今はひどく眩《まぶ》しく、胸に突き刺さる。

「べ、別に、嫌いってわけじゃないけど……」

ルシアは気まずそうにカイルから目を逸《そ》らした。

ギルバートの印象は、初対面からして最悪だった。

だが、それらはすべて、彼が彼らしく侯爵家とカイルを守ろうとしていたからだ、と今ならわかる。一概には責められない。

（それに、たくましくて、力強くて……って、やだ！　私ったら、なに考えてるのよ⁉）

ギルバートのことを考えると、どうしても昨夜の出来事が――唇に感じた熱が蘇る。

ルシアが顔を赤らめたのを見て、中年のメイドはにやりと訳知り顔で笑った。

「なるほど、朴念仁かと思いきや、旦那様も隅に置けないねえ」

「なっ……」

「ともかく、グズグズ言ってるくらいなら、旦那様を骨抜きにしちまった方が話が早いってもんだ。そう思わないかい、みんな」

洗濯メイドが呼びかけると、話を聞いていた周囲がうんうん、と一斉にうなずいた。

「愛が大切ってんなら、旦那様に強引にわからせてやりな」

「ちなみに、旦那様が次に我が家で開く舞踏会は、二週間後でございます」

知らぬ間に一同に交じって話を聞いていた執事が、冷静にそう告げる。

「執事さん、いつからそこに⁉」

目を丸くするルシアに、執事はほほ、と笑った。

「ずいぶんと盛り上がっていたので、つい交ざってしまいました」

「ま、旦那様とカイル坊ちゃまを心配してるのは皆同じってことさね」

洗濯メイドの言葉に、執事はうんうん、とうなずいて。

「ひとまずは、舞踏会を目標に、ルシアさんを立派な淑女に仕立て上げればよろしいかと。ダンスに不安があるようでしたら、私がお教えいたしましょう。これでも、若い頃はあちこちで浮き名を流した身なのです」

「私、応援するわ！　そうと決まれば、わたしの古いドレスをこっそり仕立て直して……ルシアさん、後で採寸させてもらうわよ！」

声を上げたのは、子爵家出身の客間メイドだった。

「なになに、旦那様に内緒でルシアを絶世の美女にする作戦!?　面白そう！」

「ちょ、ちょっと待ってってば！　私、別にギルバート様のことはなんとも……」

にわかに盛り上がる周囲に、ルシアがあたふたしていると、カイルがぽてぽてと近付いてきて、満面の笑みでルシアを見上げた。

「ルシア、ぼくのかあさまになってくれる？」

（うっ……！）

そんなつぶらな瞳を向けられたら、とてもではないが、嫌とは言えない。

「……こうなったら、やってやろうじゃないの。ギルバート様を、私に夢中にさせてみせるんだから！」

ルシアは半ば自棄《やけ》になりながら、ぐっと拳《こぶし》を握りしめるのだった。

＊　＊　＊

——最近、どうにも屋敷の中の雰囲気がおかしい気がする。

執務を終えたギルバートは、廊下を歩きながら、そんなことを考えていた。

なにがどう、というわけではない。目に見える変化はないからだ。

ただ、王立軍の一員として、不穏な国境に長く駐留していた際の経験から、ギルバートは己の予感や勘といった言葉にならない感覚を信頼している。

「ねえ、あれが使えるんじゃないかしら」

「でも、少しデザインが古くない？　もっと……」

「なら、カイル坊ちゃまにお願いして……」

廊下の隅で、メイドが二人、小声で話し合っているのが見えた。

「カイルがどうかしたのか」

「だ、旦那様！」

話に夢中で気付かなかったのか、メイド二人はギルバートが声をかけた途端、飛び上がるように驚いた。

「な、なんでもありません！」

「ししし、失礼いたしました、仕事に戻りますので！」

ギルバートが二の句を継ぐよりも早く、二人は駆け足でその場から逃げ出してしまう。

（またか……）

彼が眉根を寄せたのは、ここのところ、似たような出来事が頻出しているせいだ。

先ほどのように、ギルバートの目を盗んで使用人たちが話し合っているのはもちろんのこと、控え室にコソコソと閉じこもって、なにやら作業をしている様子も見られる。

よからぬことを企んでいる者がいるのではないか、と、ギルバートは一度、執事に命じて使用人に聞き取りを行った。

が、それらはあくまで数日後に控えた舞踏会の準備のためであり、侯爵家になんら不利益をもたらすものではない、という報告があったのみだ。

執事は長くファルコ侯爵家に仕えている人間で、その有能さは折り紙付きだ。彼の言葉を疑い始めたら、いまだ侯爵という立場に不慣れなギルバートは、なにを信じればいいのかわからなくなってしまう。

だが、その一方で、違和感が増していくのも事実だった。

その筆頭が――ルシア。カイルの子守を務めている、あのメイドだ。

彼女が、カイルの食事に付き添わない日が出てきたのである。

今まで、毎朝顔を合わせていたのに、ここ数日はまったく姿を見ていない。代わりに、以前から子守メイドを務めるアンナが食事補助として同行していた。

もっとも、カイルがそれに不満を感じている様子はない。

むしろ、彼との会話の中には、ルシアがよく出てくる。今日は本を読んでくれたとか、ルシアはすごく頑張っているだとか。

（……頑張っている、だと？）

なにげなく思い出したカイルの一言が妙に引っかかり、ギルバートは足を止めた。

ルシアはただの子守メイドだ。それが、なにを頑張っているというのだろう。

（いったい、屋敷でなにが起こっている？）

と、そのとき。廊下の向こうに見えた人影に、ギルバートははっと顔を向けた。

歩いてきたのは、執事とルシアだった。なにやら朗らかに、そして少し疲れた顔で話をしているようだ。

「二人とも、聞きたいことがある」

ギルバートは早足でルシアたちに近付く。すると、二人はかすかに慌てた気配で、主人である彼へと姿勢を正した。

「ぎ、ギルバート様、奇遇ですね、こんなところでお会いするなんて。あっ、私、カイルに呼ばれていたんだったわ」

「君の主人は俺だ。先にこちらの話を聞くのが筋というものだろう」

さりげなくその場を立ち去ろうとするルシアの腕を、ギルバートはおもむろに掴《つか》んだ。

だが、その思いがけない柔らかさにはっとする。

彼女と口づけたあの夜から、一週間は過ぎている。思い返すと、それからまともに顔を合わせていないのではないだろうか。

（……そもそも、どんな顔をすればいいかもわからなかったからな）

あのキスの翌日、朝食のときにルシアを怒らせたことが、余計に気まずさを煽《あお》ったように思う。加えて、モルガーナからの結婚の申し込みまでもが重なった。

日々の忙《せわ》しさに追われる中で、忘れていたルシアの感触が一気に蘇り、ギルバートはかっと耳が熱くなるのを感じた。

（ば、馬鹿な。これじゃあまるで、女を知らない若造じゃないか）

「ギルバート様、私に話があるのではなかったんですか？」

ままならない感情に翻弄《ほんろう》され、無言で目を白黒させているギルバートを、ルシアは怪訝そうに見上げる。

何故だろう。その顔すら、今はひどく愛らしく、可憐に見えてしまう。

大きな瞳、長い睫毛《まつげ》。以前よりも肌が白く見えるのは気のせいだろうか。

ふっくらとした唇は、まるで桜桃《おうとう》のように艶《つや》やかだ。柔らかな頬を食《は》み、唇を奪ったら、きっとひどく甘い味がする。そんな錯覚を抱くほどに。

（……いかん、前にもこんなことがあった気がする）

ギルバートは慌てて頭を振ると、わざとらしくしかめ面《つら》を作った。

「最近、俺に隠れてなにやら企んでいる使用人がいるようなのだが、なにか知らないか」

二人に尋ねたのは、正直に話してもらうためではない。探りを入れるためだ。

人間は嘘《うそ》をつくとき、多くの場合、異変を見せる。言葉の使い方、目線の動かし方、気配の変化……ギルバートはそれを確かめようと思ったのだ。

「さて、なんのことだか、さっぱり……」

執事は不思議そうに首を捻《ひね》る。彼は長年、ファルコ侯爵家を取り仕切ってきた老獪《ろうかい》だ。先日のモルガーナ襲来ほどの事件でも起こらない限り、動揺を表に出すことはまずない。

そのため、ギルバートが確かめたいのはルシアの様子なのだが――。

「……じーっ」

「仮にも雇い主に向かってなんだ、その顔は」

ギルバートが焦ったのは、ルシアがあからさまに不機嫌な顔で、彼を凝視していたせいだった。

「いいえ、別に」

ルシアはぷい、と顔を背けた。

拗ねたようなその仕草の愛らしさに、ギルバートは不覚にも胸を打たれてしまう。そして、己に愕然とした。

（いったい、この感情はなんなんだ……！）

ギルバートが内心頭を抱えていると、ルシアはおもむろに口を開いた。

「ギルバート様、次の舞踏会には当然、モルガーナ様もお招きされるんですよね？」

「あ、ああ。そのつもりだが？」

「では、そのときに結婚の申し込みを？」

「は!?　待て、どうしてそうなるんだ」

「モルガーナ様は、ギルバート様にとって都合のいいお相手のようですから」

事実ではあるが含みのある言い方に、ギルバートはむっとする。

「まるで俺が血も涙もない人間のような言い方だな」

「違うんですか？」

ルシアの言葉を否定しようとして、ギルバートは言葉に詰まる。

モルガーナの申し出は間違いなく魅力的だった。現状を改善するにあたっては、願ってもない話だろう。

（今までの俺ならば、クロード陛下の王命を遂行するため、即座に了承していただろう）

モルガーナがカイルの良き義母《はは》とならなくとも、子どもに対する愛情は、ルシアをはじめとした子守役が与えれば済むことだ。

（では……俺は何故、こんなにも悩んでいるんだ？）

言葉にならない気持ちに悶々としていると、ルシアはますますむっとした。

「お答えいただけないようであれば、お話はここで終わりということでよろしいですね？　では、失礼いたします」

ルシアは不機嫌そうな顔のまま深々と一礼すると、足早にギルバートから離れていく。

「待て」

ギルバートは、咄嗟《とっさ》に彼女の肩を摑んで——はっとした。

「……なんですか？」

怪訝そうに、しかし驚きを露《あら》わに振り向いたルシアへ、ギルバートは力なく首を振った。

「なんでもない。行っていい」

「はあ……」

今度こそ立ち去っていくルシアの背を見つめながら、ギルバートは嘆息する。

彼女を引き留めようとした、今の行動。あれは完全に無意識だった。

(俺の体なのに、俺のものじゃないみたいだな。……ルシアといると、こんなことばかり起こる。彼女に口づけたときもそうだ)

ギルバートは沈痛の面持ちで頭を抱える。すると、そばにいた執事が近寄り、そっと耳打ちをした。

「旦那様、体は頭より正直なのですよ。ゆめゆめお忘れなく」

「……いったいなんの話だ、それは」

「そのうちお分かりになりますよ」

困り果てた様子のギルバートに、執事はすべてお見通しだとばかりに微笑む。

(正直、か)

ギルバートは途方に暮れたように、自らのつま先に視線を落とす。

(俺は何故、モルガーナ嬢との結婚を了承しなかった。なにを迷ったんだ?)

正しいと思う行動と、相反して動く体。そういうことが起こる際には、いつもそばにルシアがいる。

(……ああ、そうか)

ギルバートは、迷いの中にありながらも、ひとつだけ、真実を掴み取る。

「俺は、ルシアが見ている前で、うなずきたくなかったんだな」

──自ら口にしておきながら、その言葉の意味はわからなかった。

＊　＊　＊

「では、本日のレッスンはこれで終了といたしましょう」

執事の言葉に、ルシアは疲れ切った様子でその場にへたり込むと、返事の代わりにこくこくとうなずいた。もはや声を出す力も残っていないのである。

来《きた》る舞踏会に向け、ダンスの練習はいよいよ大詰めだ。

屋敷の片隅にある空き部屋。初老の執事は、大量の仕事の合間を縫うようにして、ルシアに指導をしてくれた。それはもう、悪魔のような厳しさで。

おかげでルシアは、執事のことを見る目がすっかり変わってしまった。

（どんな体力があったら、こんな激しいレッスンの後に、汗ひとつかかずに平然と仕事に戻れるのかしら……）

初老の彼を見つめるルシアの視線に宿るのは、もはや尊敬というよりは畏怖である。

ルシアがぜえぜえと肩で息をしていると、不意に部屋の扉が小さくノックされた。

「ルシア、れんしゅう、おわった?」

「あら、カイル。お昼寝はもう終わり?」

とことこと歩いてきたカイルを、ルシアは両手を広げて迎え入れる。

「んー、もうねむくないの」

「そう。じゃあ、ちょっとだけ待っていて。身支度を整えたら、本を読んであげる」

「ううん、ルシアはつかれてるでしょ。ぼく、アンナとあそぶから、おやすみして」

カイルはふるふると首を横に振った。

(この歳で他人を気遣えるなんて、なんて優しい子なのかしら!)

それはルシアのみならず、共にいた執事も同意見のようだ。感無量とばかりに目頭を押さえている。

「ありがとう。でも、私がカイルと一緒にいたいの。駄目かしら?」

「……そっかぁ。じゃあ、だめじゃない。うれしい」

にぱーっと笑ったカイルに、ルシアはたまらなくなってしまい、力いっぱい抱きしめる。

執事にカイルを子ども部屋へと送り届けてもらうと、ルシアは使用人の控え室で汗を拭き、そのあとに続いた。

「お待たせ、カイル。それじゃ、今日はなんの本が読みたい?」

「うんとね、そのまえにね」

カイルは後ろ手になにかを隠し、もじもじとしている。

（こっそり見せたいものでもあるのかしら？）

ルシアは笑顔で言葉の続きを待つ。すると、カイルは意を決した様子で、隠していたものを彼女へ差し出した。

「これ、あげる！」

「……えっ⁉」

ルシアが一瞬の間を置いて驚いたのは、小さな手に載せられていたのが、銀の髪飾りだったためだ。

モチーフになっているのは、咲き乱れる大小の花々だった。精緻《せいち》な細工を施されており、見れば見るほど、感嘆のため息が漏れてしまう。

「ぶとうかいで、つけて」

「使ってって言われても……カイル、これを、どこで？」

「あのね、かあさまのへや」

あどけない顔で答えるカイルに、ルシアはううん、と複雑そうな表情を浮かべた。

「……ごめんなさい。そんな大切なもの、私、受け取れない」

この髪飾りは、カイルにとって母親の形見のひとつだ。手に取ることすらためらわれるのに、もし壊してしまったら。

だが、恐れるルシアとは対照的に、カイルは首を横に振った。

「たいせつだから、ルシアにあげるの。ぼくのおかあさまになってほしいから」

「カイル……」

ルシアの胸がぎゅうっと締め付けられる。

この小さくて、ぷくぷくとした手に、どれほどの重みが載せられているのか、痛いほどに伝わってきたのだ。

「わかったわ。……でも、今は借りるだけ。それでいい?」

カイルの手から髪飾りを受け取り、ルシアはその深紅《しんく》の瞳を覗《のぞ》き込む。

「私にこれをプレゼントするかは、いつかカイルが大人になったら、もう一度考えてほしいの」

ルシアの真剣な声音に、カイルも幼いなりに真剣な面持ちへと変わる。

「うん、わかった。やくそくする」

やがてカイルがこくんとうなずくのを見て、ルシアもうなずく。

「ありがとう、カイル。私、最後まで頑張るからね」

これだけの想いと期待を背負っては、今さら逃げ出すわけにはいかない。

（私に、どれだけのことができるかは、わからないけど……）

この、小さな体に秘められた、とてつもなく大きな希望に、応えたい。

ルシアがそのためにできることは、ただ、前を向き続けることだけだ。

祈るように、ルシアは髪飾りを手のひらに包むのだった。

＊　＊　＊

とうとう迎えた、舞踏会当日。

ファルコ侯爵家の玄関ポーチに次々ときらびやかな馬車が止まり、屋敷の中がにわかに騒がしくなる。

使用人は総出で客人の出迎えにあたり、軽食を用意する厨房《ちゅうぼう》の慌ただしさに至っては、もはや戦場の域だ。

そんな中、ルシアはといえば――。

「待って！　そ、そんなの、絶対に入らない」

「あんた、今さらなに言ってんだい！」

「い、痛い、痛いってば！」

　使用人が使う控え室で、中年の洗濯メイドにどやされながら、コルセットの紐をぎゅうぎゅうと引っ張られていた。

「ったく、だらしないねえ。これから旦那様を口説き落とそうって女が」

「く、口説き落とすなんて！　私、そんなこと……！」

「おや、違うのかい？　モルガーナ様っていう伯爵令嬢が女主人にならないようにしつつ、カイルの母親を目指すっていう方法が、他にあるとでも？」

　ルシアはぐっと押し黙る。その隙に、洗濯係は最後の仕上げとばかりにコルセットを締め付けた。

「い、いたたた！」

「よし、できた！　次だ！」

　ドレスが、アクセサリーが、靴が、次々と身に着けられていく。

　いつも簡素にまとめているだけの金の髪を梳かれ、カイルから借り受けた銀の髪飾りを差せば、向かい合う鏡に映るのは、別人のようなルシアだった。

「こ、これ……本当に私……？」

「そう言ってもらえると、頑張った甲斐《かい》があったわ！」

ルシアが驚きのあまり瞳を瞬《またた》かせると、準備を手伝っていたメイドがぐっと拳を握った。

「あたしたちがここまでしたんだから、なんとしても旦那様といい雰囲気になるのよ！　わかったわね⁉」

「は、はあ……」

「ルシア、きれいー！」

戸惑うルシアのドレスの裾にぽふっと抱き着いてきたのは、一連の準備をずっとそばで見守っていたカイルだった。

本来ならば、ここは侯爵令息たる彼が立ち入るような場所ではない。だが、どうしても着飾ったルシアが見たいと言って聞かないので、特別に連れてきてもらっているのだった。

別人のようになったルシアを様々な角度から眺《なが》めては、カイルは楽しそうにはしゃいでいる。

「ぜったいにぼくのかあさまになってね！　やくそくだよ！」

「え、ええ……できる限り、努力は、するわ……」

最後の仕上げとして唇に紅《べに》を塗られながら、ルシアは引きつり気味の笑顔でうなずくことしかできなかった。声も自然と弱々しくなる。

（ああ、どうしてあのとき、あんな啖呵《たんか》を切っちゃったのかしら……）

舞踏会を目前にして、ルシアは昨日までの決意が嘘のように、すっかり弱気になってしまっていた。

理由のひとつは、モルガーナをはじめ、招待客のご令嬢を実際に見てしまったせいだ。

どの女性も、まるで物語の中から現れたように美しく、所作も楚々としている。

彼女たちが束《たば》になってギルバートを狙っているというのに、ぽっと出の付け焼き刃でしかないルシアが敵《かな》うわけがない。

(こんなの、私が嫌っている愛のない結婚、そのものよ。ギルバート様のことなんて、私、なんとも思っていないんだから)

そう考えた途端、何故か、胸がずきりと痛んだ。

(きっとギルバート様への罪悪感だわ)

彼には悪いことをした。この前も、執事と一緒にいるところを見られ、心ない応対をしてしまったばかりだ。

(だって、しょうがないでしょう⁉　ダンスの練習帰りだったんだもの)

使用人一同、ギルバートに怪しまれていたことは気が付いていた。

それに加えて、ルシアは思ったことがすぐ顔に出るし、行動に移してしまう。

だからこそ、できる限り二人が顔を合わせないように苦心していたというのに。

モルガーナが来てからの二週間、できることはすべてやった。

肌や髪の手入れ。貴婦人としての所作。付け焼き刃ではあるが、相手の足を踏まない程度には、ダンスも特訓済みだ。

(舞踏会なんて、三年前のデビュタント以来ね)

だが、美しく変身した自分とは裏腹に、心は置いてけぼりだ。

(……私、どうしてこんなことしてるんだろう)

迷っている間も、時間は止まってくれなかった。

＊＊＊

「お招きいただきありがとうございます、侯爵閣下」

玄関ポーチに停まった、ひときわ豪華な馬車。扉が開き、現れたのは、他でもないモルガーナだった。

白銀の髪は優美に結い上げられ、肌は陶器のように白い。アーモンド形の瞳が、どこかうっとりとした目つきで、迎えに出たギルバートを見上げている。

その、ほっそりとした体に纏《まと》うのは、色素の薄さをより際立たせる、濃い緑のドレスだ。

光沢のある布地は、彼女の実家であるラファーガ伯爵家所有の工場で織られたものだろう。

(自らの美しさで領地の特産品の喧伝《けんでん》をしているのか。さすがだな)

ギルバートは差し出されたモルガーナの手を取ると、その甲に口づけた。

「こちらこそ、御足労いただき、感謝する」

「……」

じっ、と、モルガーナがギルバートの顔を覗き込むように見つめる。

「……なにか?」

かすかな戸惑いと共にそう尋ねると、モルガーナは周囲の者に気付かれない程度に眉をひそめ、小さくため息をついた。

「そこは、わたくしの美しさを褒めたたえるところですわ」

「あ、ああ、そうだな。貴女は今日も、豊かな森のように美しい。……これでいいか?」

「森……。仕方ありません、及第点といたしましょうか」

(ドレスの色から連想したんだが、失敗だったか。題材の選び方が悪かったか?)

おそるおそる様子を窺うギルバートに、モルガーナは唇の端をわずかに持ち上げる。

「とはいえ、もう少し学んでくださいませ。貴族たるもの、もっとも大切にするべきは権威……つまり体面。質実剛健の軍属の方とは違いますわ」

ぴしゃりとそう言われ、ギルバートは苦笑するしかない。

（やはり、頭の切れる女性だ）

軍にいた頃であっても、これほど優秀な部下は数えるほどしかいなかった。

モルガーナを舞踏会の会場へとエスコートしながら、ギルバートは改めて彼女に敬意を抱いた。

（だというのに、俺はなにを迷っているのか……）

率直な物言いといい、気品溢《あふ》れた立ち居振る舞いといい、やはり、急に家督を継いだばかりの自分には申し分のない相手だ。

事実、周囲の招待客からも、モルガーナは尊敬の視線を一心に集めている。

（自分で言うのもなんだが、俺は顔が怖いらしいからな）

ふと、爵位を継いだ頃を思い出す。引き取ったばかりのカイルも、屋敷の使用人も、不慣れな社交界で声をかけた相手も、皆、ギルバートを見ては怯《おび》えた顔をしていた。

（……そういえば、最近は、そんなことも忘れていた）

なにしろ、とある人物を雇い入れてからというものの、屋敷にいる人間は誰も、ギルバートを怖がらなくなった。

（いかん、どうしてこんなときに、彼女のことを思い出すんだ）

難しい顔をしながら、舞踏会の会場である大広間の扉をくぐる。

すると——なにやら、室内がざわついていた。

好奇、困惑、ためらい……さざめくような人々の声に含まれているのは、そんなところだろうか。

(どうした、なにが起きている)

会場で起こる不祥事は、すなわち屋敷の主であるギルバートの失態である。

騒ぎの原因を確かめるべく周囲を見回した彼は、はっと息を呑んだ。

「……あれは」

「あら、初めて見る顔ですわね。いったい、どちらのご令嬢かしら」

絶句してしまったギルバートと同じ方向へ目線を向けると、モルガーナは上品に小首を傾げた。

視線の先には、青年貴族たちに囲まれ、困惑した様子の若い女性が立っていた。

細く、けれど女性らしい柔らかなラインを描く肢体。小柄な体に纏うのは、少し古めかしいデザインの、クリーム色のドレスだった。ふんわりと広がるスカートに縫い付けられた宝石が、天井のシャンデリアの光に反射し、きらきらと煌《きら》めいている。

緊張のためか、長い睫毛に縁どられた瞳はかすかに潤み、頬は薔薇《ばら》色に上気している。

だが、そんな戸惑いすら、今は彼女の美しさを飾るアクセサリーと化していた。

初々しい、とでも言えばいいのだろうか。不慣れなことがひと目でわかるほどの戸惑いこそが、今は男の庇護欲《ひごよく》をそそる愛らしさに直結しているのだから。

彼女は困ったように周囲を見回し――ふと、ギルバートと視線が交錯する。

(やはり、間違いない)

ギルバートはモルガーナが隣にいることも忘れ、大股で歩き始めた。

「お待ちくださいませ、侯爵閣下。どちらに……」

「すまない、急用を思い出した。君はぜひ、最後まで楽しんでいってくれ」

呼び止めたモルガーナへ、素っ気なくそう言い残し、ギルバートは妖精のような令嬢の元へ急ぐ。

そこでは、若き青年貴族たちが、口々に美辞麗句を唱えては、見知らぬ令嬢を賛美しているところだった。

「ああ、あなたのような方と出会えるとは、なんという幸運だ」

「ぜひとも名前をお教えいただけませんか」

「どうか私に、あなたを知る権利をお与えください、美しい方」

その様子に、ギルバートは内心、急速に怒りがこみ上げるのを感じていた。

「すまないが、彼女は俺の連れだ」

ギルバートは彼らの間に割って入ると、鋭《するど》い目で睨《にら》みつける。軟弱な青年貴族たちは、その迫力にたちまち退散した。

「おい」

オロオロしている令嬢に、ギルバートは剣呑《けんのん》さを隠そうともせずに呼びかける。

「ここでなにをしている……ルシア」

＊　＊　＊

「ひ、人違いではありませんか？　私は、ええと、その……」

ギルバートの険しい視線を一身に浴びて、ルシアは蛇《へび》に睨まれた蛙《かえる》のようになっていた。

（ああ、もう！　どうしてこんなことになっちゃったの⁉）

使用人たちの協力で、正装したルシアは舞踏会が行われる大広間に潜入していた。

あとはギルバートを篭絡《ろうらく》するだけ……となったところで、ルシアを見つけた青年たちに、あっという間に囲まれてしまったのである。

これでは、ギルバートをダンスに誘うどころではない。

身動きができずに困りながら、ルシアはもうひとつの問題点に気付くこととなった。

それは——どうやって彼を魅了するか、ということだ。

周囲に集まる青年たちは、見ず知らずの令嬢が物珍しいのか、歯の浮くような美辞麗句でルシアを賛美し続ける。その点を鑑《かんが》みると、おそらく、美しく変身を遂げるというその一点においては、この計画はうまくいっていると言えるだろう。

だが、ギルバートが進んでこの輪に加わるか、と問われると、疑問が残る。

（それに……誘惑とか篭絡って、どうすればいいの⁉）

こういうとき、モルガーナなら社交界仕込みの手練手管を駆使するのだろう。だが残念ながら、ルシアはデビュタント以外では舞踏会に行ったこともない、ただの貧乏貴族令嬢だった。

いつも忙しく働いてばかりで、浮いた話のひとつもない。得意なのは、子どもと老人の世話ばかり。果たして世間の男女は、どんな段階を経て関係を進めているのか……なにひとつ、知らなかった。考えたことすらなかった。

困惑している間にも、ルシアに目を留めた青年貴族がひとり、またひとりと増えていく。

歯の浮くような賛美に、気の利いた言葉も返すことのできない、初心《うぶ》な娘。それが余計に庇護欲や男心を駆り立てたのだろう。

しまいには、なんの対策も浮かばないうちに、当のギルバートに見つかってしまうし、もう散々だ。

大広間で孤立するルシアと、それを睨みつけるギルバート。

二人のただならぬ雰囲気に、周囲の視線は好奇を隠そうともしない。

「誰がお前を見間違えるものか。ルシア、三度は言わんぞ。ここでなにをしている？」

ごまかしも、言い逃れも許さないと示すギルバートの態度に、ルシアは作戦が完全に失敗したことを悟った。

だが、こんな衆人環視の状況で、なにをどう説明しろというのだ。

「し、失礼します！」

ここはとにかく逃げの一手だ、と。ルシアはその場から離れようとした。

だが、途端、踵《かかと》がずきりと痛みを訴える。

「あっ……」

「危ない！」

磨き上げられた大理石の床に倒れ込みそうになったルシアを、ギルバートは両腕を伸ばして受け止めた。

広い胸板。そのたくましさに、こんなときだというのに胸がどきりとする。

「まったく、危なっかしくて見ていられないな」

ギルバートはルシアをその場にしっかり立たせると、その足元に屈《かが》み込んだ。

「ぎ、ギルバート様、なにを……」

「ひどい靴擦《くつず》れができている。慣れないことをするからだ」

悲鳴のようなルシアの声とは対照的に、ギルバートの声は冷静そのものだ。

「手当てをしてやる、来い」

「で、でも」

ギルバートは他でもない今宵の主催だ。舞踏会は始まってすらいないのに、大広間から姿を消すなんてもってのほかだ。

「かまうものか。そもそも俺は、こんな催し、気が進まないんだ」

ギルバートは一方的に言うと、ドレス姿のルシアを軽々と抱き上げた。事の成り行きを見守っていた周囲の招待客が、驚きと感嘆の入り混じった声を上げる。

「行くぞ」

「お待ちくださいませ、侯爵閣下」

ギルバートを引き留めたのは、先ほどまで彼にエスコートされていたモルガーナだった。

「非礼をお詫《わ》びする、モルガーナ嬢。だが、どうしても外せない用事ができてしまった」

真摯《しんし》な声で謝罪するギルバートと、その腕の中にいるルシアへ、モルガーナはまるで品定めでもするような視線を向けた。

「そちらは先日の……ふぅん、そういうことでしたの」

おもむろに扇を取り出すと、モルガーナはうふふ、と微笑んだ。

「ひとつ貸しにして差し上げますわ、侯爵閣下。この場はわたくしにお任せあそばせ」

「すまない。百倍にして返す」

「千倍でもよろしくてよ」

「ちょ、ちょっと、二人で勝手に話を進めないでください……！」

「君は黙っていろ」

悲鳴じみたルシアの反論をひと睨みで封じると、ギルバートはモルガーナに軽く頭を下げ、早足で大広間を後にしたのだった。


そして、残された人々は、といえば。

「申し訳ございません、主催者であるギルバート様は、急な病でこの場を取り仕切ることができなくなってしまいました」

モルガーナはドレスの裾を摘《つ》まんでカーテシーを披露すると、優美な微笑と共に招待客

を見回し、主不在の舞踏会を滞りなく遂行してみせるのだった。

＊　＊　＊

「あの……」

「……」

「お願いします、そろそろ下ろしてください……！」

大広間で舞踏会が始まる頃、ルシアは大広間とは反対に向かう廊下を進んでいた。当然、ギルバートの腕に抱かれたままである。

口元を引き結んだ彼は、腕の中のルシアにちらりと視線を落としもしない。

廊下には、招待客が休憩するための小部屋がいくつか用意されている。

ギルバートはもっとも奥の部屋に入ると、抱えていたルシアを長椅子へと下ろした。

「足を出せ」

頭上から響くギルバートの声は、ひどく硬い。逆らえる雰囲気ではなさそうだ。

(怒ってる……わけじゃないみたい、だけど……)

ルシアはおそるおそるドレスをまくり上げると、踵の高い靴を脱ぎ、つま先を差し出す。

ギルバートは素早く屈み込み、傷の具合を確かめ始めた。骨ばった指が、ルシアの素足にそっと触れる。

「っ……」

「痛いか。……自業自得だな」

違う、と言いたかったが、言葉にならない。

ルシアの小さな体の中で、心臓が暴れ馬のように跳ね回っていた。少しでも口を開けば、飛び出てきてしまいそうだ。

ギルバートは胸元のハンカチーフを抜き取ると、ルシアの靴擦れに手早く巻き付ける。

「ひとまずはこれでいいだろう」

「……ありがとうございます」

ルシアはやっとの思いでそれだけを返す。視線の先には、整えられた漆黒の髪が見えた。夜の闇と同じ、吸い込まれてしまいそうな色だ。

（触ってみたい……）

どうしてそんなことを考えたのかは、自分でもわからない。

ただ、ぼんやりと眺めていたら——不意に、ギルバートが顔を上げた。

「ひゃっ……！」

思いがけず目が合って、ルシアははっとする。

間の抜けた悲鳴に眉ひとつ動かすことなく、ギルバートはルシアの顔を覗き込んだ。

「ルシア。どうして大広間にいた。この格好はなんだ」

「……」

言えるはずがない。あなたを骨抜きにしようとしました、なんて。

ルシアが黙り込んでいると、ギルバートは立ち上がり、彼女の髪に飾られていた銀の髪飾りへそっと触れた。

「これは、カイルの母親……義姉上《あねうえ》の形見だ。どうして君が付けている。まさか、あの子から取り上げたわけではあるまい？」

「これは、カイルがどうしても着けてほしいっていうから、借りたんです」

「なるほど。あの子も共犯ということか。この調子では屋敷の中に何人の協力者がいるか、わからんな。ここ最近、コソコソと企んでいたのは、今日のためというわけか」

やれやれ、とギルバートは肩を竦《すく》めた。

「何故、こんなことをした。カイルの子守が嫌になって、適当な貴族の男でも捕まえようとしたのか？」

「話が飛躍しすぎです！」

「では、何故だ？　理由を話してもらうぞ。俺が納得できるように」

射貫《いぬ》くようなギルバートの眼差《まなざ》しに、ルシアはぶるぶると体を震わせる。だが、怖いからではない。

「……様が」

「うん？」

「ギルバート様が悪いんです！　モルガーナ様に骨抜きにされているから！」

「はあ⁉」

ルシアの言葉が予想外だったのだろう。ギルバートの声は驚きのあまり裏返っている。

「待て、順を追って説明しろ。いったいなにがどうしてそんな話になっている」

「……」

ルシアは少しの間、気まずそうに黙り込んでいたが、ぽつぽつとこれまでのことを話し始める。

黙って耳を傾けていたギルバートの顔は、どんどんと険しくなっていった。

「それで、使用人たちの口車に乗り、俺のことを篭絡しようとした、と」

「……はい、そのとおりです」

話しているうちに居たたまれない気持ちになってしまい、ルシアは両手で顔を覆《おお》うと、こくんとうなずく。とてもではないが、今は彼の顔なんて見られない。

(ああ、私の馬鹿！　どうしてこんな計画に乗ってしまったの！)

カイルのため。最初ははっきりそう思っていた……はずだった。

だが、結果は侯爵家の舞踏会に騒動を起こし、主人を催しの場から遠ざけただけ。一介のメイドでありながら、主人の顔に泥を塗ってしまったのだ。

(たとえモルガーナ様が嫁いでこられたとしても、私がカイルに愛を注ぐって決めればよかっただけの話なのに……)

冷静さを失い、むきになってしまった自分が許せない。

「本当に、申し訳ございませんでした。どのような沙汰でもお受けしますので、どうかカイルの子守を解任することだけはお許しください」

ドレスの膝元をぎゅっと摑み、ルシアが切実な声で訴える。

すると、彼女の手に、大きな手がそっと重なった。

「顔を上げてくれ、ルシア」

ひどく不器用な仕草だった。きっと、こういうことには慣れていないのだろう。

「でも」

ルシアがためらっていると、穏やかな言葉が重なる。

「俺の言うことを聞くのは、嫌か？」

いつものような命令口調ではなかった。

雰囲気の違いに気付いたルシアは、おそるおそるといった様子で目線を上げる。

まるでひざまずくような格好のギルバートは、穏やかな眼差しをルシアへ向けていた。

「すまなかった」

「え……？」

予想もしていなかった言葉に、ルシアは瞬きをした。

「元はといえば、俺が当主として頼りないのが原因だ。そのせいで、皆に心配をかけてしまった。カイルにも、君にも悪いことをした」

「そんな、ギルバート様が謝る必要なんてありません！　モルガーナ様が結婚相手にぴったりなお相手だというのは、見ていればわかります。私がカイルの子守として覚悟が足りていなかったから、こんなことになったんです」

「いいや、俺のせいだ。そうでないと、俺の気が済まない」

「それはこちらの台詞《せりふ》です！」

ルシアがきっぱりと言い切ると、不意に、ギルバートがぷっと吹き出した。

「まったく、君はいつも強情だな。おかげで手を焼く」

「ギルバート様こそ」

二人の間に張り詰めていた緊張が緩み、お互いの顔にかすかな笑みが浮かぶ。

「……不思議だな」

ぽつりと、ギルバートが呟いた。

「今日の君は、まるで別人だ。なのに、目が合った瞬間に、ひと目でわかった」

大きな手が、ルシアの頬にそっと触れた。優しく、けれど不器用な手つきに、胸がどきりとする。

「君が知らない男たちに囲まれているのを見たとき、何故か、ひどく苛《いら》ついた。胸が焼け付くようなこの気持ちは、果たしてどういうことなのか……」

長い指が、ルシアの唇をなぞる。まるで、あの夜のことを思い出させるように。

「ギルバート様……、酔っていらっしゃるんですか？」

「違う。君がそんな格好で、のこのこと狼《おおかみ》の群れに飛び込んだせいだ」

ふ、と唇の端にかすかな笑みを浮かべ、ギルバートの顔がルシアに近付いていく。

「……綺麗だ。今日の君を、他の誰にも見せたくない」

耳元で囁《ささや》かれた言葉に確かな熱情を感じ、ルシアはかぁっと顔を赤らめる。

「な、なにを……」

「さて、俺にもわからん。ただ思ったことを口にしただけだ」

からかうような笑みを漏《も》らすと、ギルバートはルシアから離れるように立ち上がった。

「さて、と。俺は舞踏会に戻る。君はここで休んでいるように。後で人をよこす」

「はい。ご迷惑をおかけして申し訳ございません」

この時間が終わってしまうのが、なんだか名残惜しい。

彼のために着飾り、努力して迎えた今夜は、どたばたと忙《せわ》しないばかりだった。

それでも、夢のように不思議なひとときだったのだ。

（……雰囲気に酔っているのは、私の方かもしれないわね）

寂しげな笑みを浮かべたルシアに背を向け、ギルバートは廊下に通じる扉へと向かった。

だが、一向に出ていく気配がない。ドアノブをがちゃがちゃと鳴らすばかりだ。

「ギルバート様、なにをしているんですか。早く戻らないと」

「わかっている。だが、扉が開かないんだ」

「えっ？」

困惑し切ったギルバートの声に、ルシアは呆然と扉を見つめるのだった。

＊＊＊

ギルバートとルシアはしばらく扉と格闘していた。が、一向に開く気配はない。

「駄目だな。鍵が壊れているようだ。扉を壊すか、それとも……」

「いきなり不穏なことを言わないでください！」

「だが、いつまでもこのままというわけにはいかないだろう」

ギルバートは室内を見回すと、外開きの窓に目を留めた。つかつかと歩み寄ると、分厚い布地で作られたカーテンをぐいっと引っ張る。

「ふむ、これを下に垂らせば、ロープの代わりになるか」

「ここは二階ですよ⁉」

目を丸くするルシアをよそに、ギルバートは窓を開けた。どうやら、地面までの高さを確認しているようだ。

「脱出するぞ、ルシア。俺が支えるから、君はここから下に降りろ」

「少しは人の話を聞いてください！」

真剣な顔で振り向いたギルバートに、ルシアは思わずそう突っ込んでしまう。

「怖いのか？　大丈夫だ、俺がついている」

「そうではなくて……！」

噛《か》み合わない会話に、ルシアはだんだんイライラしてきた。

（だいたい、どうして脱出することしか考えてないのよ、この人！）

これではまるで、自分と一緒にいるのが嫌だと言われているようではないか。

「モルガーナ様にあらぬ誤解を抱かれたら困るっていうのはわかりますけど……」

「は？　君はなにを言っているんだ」

「違うんですか？」

ルシアが不思議そうに首を傾げると、ギルバートは気まずそうに頭を掻《か》いた。

「困るのは君だろう。若い未婚の女性が、こんなところで男と二人きりだなんて。悪い噂《うわさ》が立ったらどうするつもりだ」

「わ、悪い噂……!?」

そんなこと、考えたこともなかった。

唖然《あぜん》とするルシアに、ギルバートはやれやれ、と肩を竦める。

「危機感がないな、君は。それでよくも、俺を骨抜きにするだなんだと言えたものだ」

「ギルバート様に言われたくありません！」

ルシアはキッとまなじりを吊《つ》り上げた。すると、ギルバートはひとつ咳払《せきばら》いをし――。

「こうなれば、先にはっきりさせておこう」

「なにをですか」

「俺は、モルガーナ嬢の求婚を受けるつもりはない」

「……はい？」

思考が追い付かず、ルシアは間の抜けた声を上げる。

すると、ギルバートがぷっと吹き出す。

「はは、君は表情豊かだな。見ていて飽《あ》きない」

「ほ、ほっといてください！　……じゃなくて、どうしてですか!?　あんな好条件の方、二度と現れないかもしれないのに」

「ああ、俺も最初はそう思っていた。だが、即決できなかった。以前の俺なら迷わなかったことに迷ってしまった。それはつまり、誰かを伴侶にするということは、条件だけで決めるものではないという考えが生まれたからだろうな」

ギルバートは開いていた窓を閉めると、さっとカーテンを引いた。それから、ルシアの腰かける長椅子のそばへと戻ってくる。

彼はなにも言わず、ルシアをじっと見下ろしていた。

その眼差しに、どきりとした。たぶん、言葉にはならないなにかを感じたせいだ。

ギルバートの深紅の瞳には、今、ルシアだけが映し出されている。

「俺がどうして、君と二人きりになりたくないのか。……理由は、もうひとつある」

「ギルバート様……？」

呼びかけには応えず、ギルバートは彼女の隣に腰を下ろした。

「あの……？」

「……俺が、我慢できなくなりそうだったからだ」

ルシアがその言葉を理解するよりも早く、ギルバートの手が彼女の顎に触れた。

唇が重なる。まるでお互いに引き寄せられるように。――そう、お互いに、だ。

「んん……っ」

何故だろう、ルシアはひどく安心していた。ギルバートの熱が、己に与えられたことに。

そして、そう感じる自分に、困惑していた。

(これじゃまるで、私、ギルバート様のことを……)

けれど、それ以上のことは考えられなかった。ギルバートの唇が、性急にルシアの唇を貪《むさぼ》ったためだ。

唇の柔らかさを確かめるように何度も口づけた後、強引に舌が差し込まれる。

戸惑うように縮こまるルシアの舌を無理やりに絡め取ると、ギルバートはしごくようにそれを愛撫《あいぶ》した。

「ん、んんっ……」

頭のてっぺんからつま先まで、ぞくぞくと甘い痺《しび》れが走り抜ける。

ルシアはギルバートの体を必死に押し返そうとした。が、軍人上がりの頑強な体は、些細な抵抗ではびくともしない。

「あ、は……っ、んんっ……」

「ルシア……ルシア」

口づけの合間に、名前を呼ばれる。熱に浮かされた声の調子が耳に届くたび、ルシアの心臓は子兎のように跳ね回る。

やがて、キスの雨がやむ頃には、ルシアは体に力が入らなくなっていた。

くったりとギルバートにもたれかかっていると、その耳元に、彼の唇が近付いた。

「嫌なら、そう言ってくれ」

息が止まってしまうかと思った。

「君があまりにも綺麗で、このままでは、止められない。この計らいを好機だとすら考えてしまうくらいには、俺はおかしくなっている」

「な、なにを……」

震える声で、ルシアはそう尋ねる。心臓の音がうるさくて、頭がどうにかなってしまいそうだった。

「それがわからないほど、君は初心なのか？」

ギルバートは耳元で囁くと、そのまま耳たぶにちゅっと吸い付く。

「あっ……」

「ああ、甘いな。声も、肌も……このまま、すべてを暴いてしまいたい」

熱い舌が、ルシアの耳朶を舐《な》め上げた。その刺激に、ますます甘い声が出てしまう。

ルシアの耳を散々に愛撫すると、ギルバートは指先で彼女の顎を持ち上げ、その瞳をじっと覗き込んだ。

「君が欲しい。君以外、考えられない。……どうしようもなく、惹《ひ》かれている」

言葉の意味をすぐに理解することができず、ルシアは呆然と瞳を瞬かせる。

そこに、再び唇が重なった。ギルバートはただ唇を触れ合わせることだけを繰り返し、その合間、吐息のように囁きかける。

「俺が妻に望むのは君だ、ルシア。もし、嫌だというのなら……今、ここで俺を突き放してくれ。泣いて、喚《わめ》いて、叫《さけ》んで、俺を拒絶してくれ」

「そんな、こと……」

できない。できるはずがない。

(でも、それはどうして？)

嫌じゃない。触れられたい。もっと、もっと。

心の奥深くから、とめどなく湧き上がる気持ちに、ルシアは困惑する。逆らえないほどに強い衝動。そんな感覚は初めてだった。

何度目のキスかもわからなくなった頃、ルシアはそっと両手を伸ばし、ギルバートを抱きしめた。すると、彼の体がほんのわずかに跳ねる。

「いいのか、本当に」

口づけを止めて、ギルバートはそう尋ねた。

「……嫌じゃ、ないんです」

「それだけか？」

ギルバートの問いに、ルシアは顔を赤らめ、小さく首を横に振る。

「……もっと、ギルバート様にキスしてほしい」

体の芯まで熱くするような思いに促されるように、ルシアは呟く。

すると、ギルバートは大きく目を見開いて――。

「そうか。……俺もだ」

ギルバートは乱暴にルシアの唇を奪うと、強引に舌をねじ込ませた。

「ん……んんっ、ふ、あ……っ」

二人の熱が合わさり、溶けていく。それが、どうしようもないくらい心地よい。

「……好きです。ギルバート様が、好きなんです」

――もう、ごまかせない。

唇が離れていくのが惜しくて、ルシアはギルバートの体にぎゅうっとしがみつく。

「ルシア……」

力強く抱きすくめられ、再び口づけを交わす。その時間の、なんと甘やかなことだろう。

ギルバートはルシアを長椅子に押し倒すと、露《あら》わになった首元に唇を這《は》わせた。

「美しい肌だ。わかるか。こうして少し吸うだけで、花が咲いたように赤く染まる」

「あ、ああ……っ」

ギルバートに与えられる刺激のすべてが、体の奥を甘く震わせた。ルシアはただ、未知の感覚に翻弄《ほんろう》されることしかできない。

「貴婦人たちが、どうして美しく装うのかが理解できた気がするよ。……俺のために咲いた花が、これほどまでに喜ばしいとは」

「な、なにを言って……ひゃっ！」

ルシアがひときわ甘い声を上げたのは、彼がドレスの胸元を引き下ろしたからだった。

「ギルバート様、やめ……恥ずかしいです……」

「そうして赤くなった顔も愛らしい。それに……」

ギルバートはルシアの背中に手を回すと、器用にコルセットの紐を緩めた。

「ああ、緩めては駄目……」

「そのお願いは聞けないな」

意地悪い囁きと共に胸元をはだけられて、豊かな膨らみが露わになる。異性の前に晒《さら》されたことのないそれは、羞恥《しゅうち》のあまり薄桃色に染まっていた。

「ああ……綺麗だ、とても……」

ギルバートの大きな手が、ルシアの胸を覆う。きゅっと尖《とが》った先端に触れられると、びりびりと甘い刺激が走った。

「ああっ……」

「そうか、ここが快《い》いのか」

「ち、違……んんっ！」

優しく胸の頂《いただき》を摘まれ、ルシアはたまらず息を詰める。

彼女の反応に気を良くしたのか、ギルバートはなおも愛撫を続けた。刺激に反応し、蕾《つぼみ》はますます硬く凝《しこ》り、真っ赤に染まっていく。

「や、ギルバート様……」

「ああ、そうか。他のところも触れてやらないと」

ルシアの儚《はかな》い抵抗もむなしく、ギルバートは彼女の胸を大きな手で揉《も》みしだいた。同時に、首筋へ尖った舌先を這わせる。

「あ、あああっ……やめ、あ……っ！」

「俺の手に合わせて形を変えるくせに、跳ね返すような弾力がある。実に触り甲斐《がい》のある胸だな。それに、敏感だ。それほどに感じてもらえると、ますます苛めたくなる」

「変なこと、言わないで……ああっ！」

言葉にならない声を上げたのは、ギルバートの手がドレスの裾をまくり上げ、ルシアの太腿《ふともも》を撫《な》で上げたせいだ。

「変になるのも当然だろう。君の体が、どこもかしこも甘いのがいけないんだ」

「や、やめて……いけません……」

ルシアは小さく首を振り、恥じらいを訴える。だが、ギルバートはにやりと笑うばかり。それどころかルシアの小ぶりな尻を撫で上げ、ドロワーズをゆっくりと脱がせにかかった。

「ギルバート様、嫌ぁ……」

ルシアが必死に抵抗するのは、足の間がぬるりと湿り気を帯び始めたせいだ。

「私の体、なにか変なんです。だから、見ないで……っ」

「どんな風に変なんだ?」

そんなこと、答えられるはずがない。ルシアは何度も首を振る。

「なら、実際に見て確かめるしかないな」

「やぁ……っ、ギルバート様の、意地悪……んっ」

拗ねたようなルシアの言葉に情欲を煽《あお》られたのか、ギルバートはまるで獣《けもの》のような光を瞳に宿し、乱暴なキスを落とした。

その雰囲気に呑《の》まれ、翻弄されているうちに、ドロワーズを脱がされる。

長い指が、ルシアの足の付け根へと伸ばされた。きゅうっと足を閉じて抵抗しても、キスの最中に舌を絡めるだけで、体から力が抜けてしまう。

くちり、と。ギルバートの指先に、濡《ぬ》れたものが触れる音がした。

「……ああ、もうこんなにとろとろだ」

「やぁ……お願い、触らないで……」

目の端に涙を浮かべ、そう訴えるルシアに、ギルバートは喉を鳴らすように低く笑う。

「君は本当に純真だな。……これは、女性として当然の反応だ」

ルシアの足の間、秘められた場所は、既に溢れんばかりの蜜が滴《したた》っていた。ギルバートの指が柔肉を掻き分けるたびに、淫猥《いんわい》な水音が聞こえる。

「わかるか。これは、俺自身を受け入れるようにするため、体が準備をしているんだ」

「そ、そんな……ああっ」

ギルバートの指先が、肉の花弁の付け根へ触れた。

途端、今までに感じたこともないほどの衝撃が全身を駆け抜け、ルシアは背筋を弓なりに反らした。

「や、そこ、怖い……」

身を清めるときに自分で触っても、そんな風に感じたことはない。反射的に身を引いたルシアの腰を、だが、ギルバートはがっちりと捕まえて離さない。

「こら、逃げるな」

ルシアはふるふると首を振った。

理性ではなく、本能が未知への恐怖を訴えている。

「大丈夫だ。優しくする」

ギルバートは先ほどまでの激しさを抑えるように微笑むと、ルシアの頬に触れるだけのキスを落とした。

「こういうことは、初めてだろう。俺が、ひとつずつ教えてやる」

労《いた》わるような声音でそう言われ、ルシアはおそるおそるうなずいた。

「素直だな。いつもそうしていればいいものを」

「ギルバート様が、私を怒らせてばかりなのがいけないんです」

「そうだな。だが、怒ったところも愛らしい」

「な、なにを……！」

思いがけない言葉に、ルシアは頬を赤らめる。すると、ギルバートはおかしそうにくつくつと喉を鳴らした。

「君は本当に、思ったことが顔に出るんだな。……俺はこのとおり、不器用な男だ。それくらいの方が、かえって助かるよ」

ギルバートは長椅子の前に屈み込むと、ルシアの両足を軽く開かせた。

「や、見えちゃう……」

「ああ、見せてくれ。君が感じているところを」

くちゅり……と粘着質な音を立てて、ルシアの秘められた場所が開花する。しっとりと潤った、けれどいまだ未熟なその場所へ、ギルバートは顔を近付けた。

（ああ……見られてる……。私の恥ずかしい場所、ギルバート様に……）

高まる羞恥に、ルシアの脳は焼け付きそうだ。それなのに、体は何故か、ぞくぞくと甘い疼《うず》きを覚えてやまない。

ぽってりと充血した肉の花弁に、ギルバートの熱い吐息がかかる。

お腹の奥が妙にむずがゆくてたまらなかった。なにもされていないのに、体がぶるぶると震えてしまう。

「ルシア。ここが女性にとって、もっとも大切な場所だ」

ギルバートの指先が、蜜を掻き分けるように、花弁の奥へと忍び込む。差し入れられた指先、そのはっきりとした異物感に、ルシアは眉を寄せた。

「そうだな。まだ、痛いだろう。だから……もっと、もっと気持ちよくしてやる」

ギルバートは差し入れた指を抜くと、柔襞の付け根にある花芯へと触れた。

「ああっ……！　そこ、だめ……っ」

恐怖すら覚える刺激に、ルシアはたまらず足を閉じようとした。が、ギルバートの頭に邪魔されて、それもままならない。

滴る蜜を塗りたくるように、長い指先がそこを愛撫する。ぷくりと膨れた蕾は、触れられるたびにルシアの全身へ熱を送り込んだ。

「ああっ、あっ……！　いや、あ……！」

「気持ちいいか、ルシア」

問われても、わからない。

初めてのことばかりで、無垢《むく》なルシアでは理解が及ばない。

ただ——体の奥から、強烈ななにかがこみ上げてくるのを感じる。

「やっ……あ、ああっ……！　んんっ！」

やがて、ギルバートの指の動きに合わせて、湧き上がる感覚が脳髄へと達し——ルシアはなすすべなく、体をがくがくと震わせた。

「あ……」

言葉にならない、かすれた声。頭の中が真っ白で、なにも考えられない。

ルシアはぼんやりとギルバートの後頭部を見下ろした。すると、不意に顔を上げた彼と、視線が交錯する。

「いい子だ、ルシア。初めてなのに、上手に達せたじゃないか」

熱情を帯びた瞳から伝わる、強烈な欲望。

ああ、とルシアは熱い吐息をこぼす。

頭がおかしくなりそうだった。

いや、既におかしくなっているのかもしれない。

誰にも見せたことのない場所を見せて、甘く蕩《とろ》けるような声を上げて。そんな姿を見られることが、どうしようもなく恥ずかしい。

なのに、見つめられ、求められることが嬉しくてたまらない。

その葛藤は、ますますルシアの体を昂《たかぶ》らせる。

「まだ気持ちよくなれるだろう?」

ギルバートは優しく問いかけながら、喜悦の余韻が残る花芯を撫で、転がした。

途端、体は先ほどまでの甘い快感を思い出し、ひくひくと柔襞を震わせる。

「やっ、もう無理です……」

「だが、俺はルシアが気持ちよくなるところがもっと見たい」

ギルバートはおもむろにルシアの足の間に顔を埋《うず》める。なにをするつもりなのか、と思う間もなく、花芯を生温かい感触が覆った。

「舐めないで、やぁ……ああっ!」

指とは違う、少しざらついた質感。尖らせた舌先で、覆われていた肉芽を暴き出され、ルシアはすすり泣くような声を上げた。

先ほどとは比べ物にならないほどの快感だった。

どれだけ身を捩《よじ》っても、腰はがっちりとギルバートの手に固定され、逃げることすらままならない。

「あ、ああっ！　あ、や、あああっ！」

熱い舌は執拗《しつよう》なまでに肉芽を舐め転がし、未熟な体に不釣り合いな快感を容赦なく暴き出していく。

やがて体の奥からせり上がる快楽に、ルシアはなすすべなく二度目の絶頂を迎えた。

「ギルバート、さま……」

朦朧《もうろう》とした意識の中で名前を呼ぶと、彼はゆっくりと立ち上がった。

「あ……」

ギルバートの唇が、優しく触れる。

ルシアの髪に、額に、瞳に――それから、唇に。

（……なんて、温かいのかしら）

ギルバートの存在を愛しく感じて、ルシアは力の入らない両腕で抱きしめる。すると、かすかに彼が笑う気配がした。

「よく頑張ったな、ルシア。今日はここまでにしておこう」

ルシアはこくんとうなずくと、そのまま緩やかに意識を手放した。

「……こういうことは、きちんと手順を踏むことが大切だから、な」

気を失う寸前、ギルバートが囁くのが聞こえたが——ルシアはまもなくして、その意味を理解することとなるのだった。

三章

夢を見ていた。優しく包み込まれている夢だ。さながら、親鳥に温められている卵のような。

いつまでもこうしていたい。でも、眠ってばかりはいられない。

(だって、朝になったら元気に働かなきゃ。私は、みんなのお姉ちゃんなんだから……)

ぼんやりと考えたところで、ルシアははたと気が付いた。

――いったい、今は何時なのだろう。

「いけないっ、寝坊だわ……っ！」

慌てて上体を起こしたルシアは、次の瞬間、そのままの姿勢で硬直した。

「……ここ、どこ?」

目の前には、見たことのない景色が広がっていた。

ふかふかで清潔な寝台は、大人が二、三人寝転んでもまだ余裕がありそうなくらい大きい。金糸で刺繍《ししゅう》が施された天蓋《てんがい》がかけられ、日差しを柔らかく遮ってくれている。

広々とした室内に他に置かれているのは、鏡台と衣装簞笥《だんす》、それに小物入れ。どれもひと目でわかるほど上等なものだ。

大きな窓には細工模様が施され、紗《しゃ》のカーテンが風にそよそよと揺れていた。差し込む日差しの強さを見るに、そろそろ昼だろうか。

「と、とにかく起きないと……！」

ルシアは寝台から出ようとした。が、そのまま床に崩れ落ちる。足に力が入らないのだ。

（なんで？　どうして……あっ）

震える膝を愕然《がくぜん》と見つめながら、ルシアは不意に、昨夜のことを思い出した。

舞踏会の夜。柄にもなく着飾り、見知らぬ青年たちに囲まれたルシアを、ギルバートが連れ出して――。

「あ……」

床にへたり込んだまま真っ赤な頰を押さえていると、不意に扉が叩《たた》かれた。

「ルシアさん、目が覚めましたか」

姿を現したのは、侯爵家の屋敷のメイド長、つまりルシアの上司だった。

いつもは厳しく、緊張感に満ちた老婦人なのだが、今日は違って見える。口元がほんのわずかに緩んでいるのだ。

「すみません、すぐに支度をしますので！」

「いいえ、その必要はありません」

メイド長はへたり込んだルシアに手を貸すと、彼女を再び寝台へと寝かせる。

「え、ええと……」

「旦那様のご指示です。あなたをゆっくり休ませてあげるように、と」

「ギルバート様の……？」

――ということは、この部屋は、まさか。

「そのまさか、ですよ。ここは侯爵夫妻が使う寝室……つまり、旦那様が普段からお休みになっている部屋です」

ルシアの表情からその考えを読み取ったのだろう、メイド長はしたり顔でうなずいた。

「よくやりましたね、ルシアさん。それでこそ、私たちも協力した甲斐《かい》があったというものです」

メイド長がそう口にしたのに合わせて、扉が勢いよく開いた。屋敷で働くメイドたちが次々と室内に押しかけてきたのだった。

「ルシアさん、おめでとう！」

「カイル坊ちゃんのお世話は、今日はあたしたちに任せて！」

「ところでお腹は空いてない？　食べられそうなものがあったらなんでも言って！」

口々に話しかけてくるメイドたちは、誰もが喜色満面の笑みを浮かべていた。

「皆さん、仕事に戻りなさい。ルシアさんが驚いているでしょう」

ルシアが圧倒されていると、メイド長は軽く手を叩いた。

渋々といった様子で部屋を出ていくメイドたちを、ルシアは呆然《ぼうぜん》と見送っていた。

「……あの、今さらなんですけど。本当に、私がこの家に嫁ぐんですか？」

「旦那様はそう望まれていると思いますが？」

「その……私なんかで本当にいいんですか？　メイドだし、貴族らしいことはなにもできないし。そんな人間が女主人になってもいいんでしょうか」

「あらあら、本当に今さらですね」

困惑するルシアを見つめ、メイド長は苦笑を浮かべた。

「旦那様が選んだ相手であれば、異を唱える者はおりません。お亡くなりになった先代の侯爵閣下も、ご結婚の決め手は愛でしたからね」

メイド長がそう答えたのと同時に、ルシアのお腹がきゅう、と鳴る。

「す、すみません……！」

「夕べからなにも食べていないのですから無理もありませんね。軽食をお持ちしますから、あなたはそこで休んでいてくださいね。くれぐれも寝台を抜け出さないように」

メイド長はしっかりとそう言い含めて退室する。

残されたルシアは、といえば。

（……愛、ね）

昨夜、ギルバートと交わした情事を思い出し、頬を赤らめながらも——何故《なぜ》か、一抹の不安を覚えていたのだった。

＊＊＊

寝台の上にいることを命じられたルシアが、運ばれてきた軽食を食べ終える頃。

「ルシアー！」

片付けのために入室してきたメイドと共に現れたのは、他でもないカイルだった。

「まあ、カイル！」

一心不乱に駆け寄ってきたその姿に、ルシアは満面の笑みを浮かべる。

「ルシア、ルシア！　ぼくのおかあさま！」

「こら、気が早いぞ」

嬉《うれ》しくてたまらないといった様子でルシアに飛びつくカイルを、続いて現れた人影が優しく引き剝《は》がした。

「ギルバート様……」

「……具合はどうだ。昨日は、少し無理をさせてしまったからな」

と、口にした途端、ギルバートの頰がぽっと朱《しゅ》に染まる。その様子に、ルシアも顔がかあっと熱くなるのを抑えられなかった。

「おじさまもルシアも、お顔、まっか！」

「そういうことは言わなくていい」

ギルバートは苦々しい面持ちでカイルを抱き上げた。

「それに、まだルシアがお前の母親になると、はっきり決まったわけじゃない」

「えっ……？」

ギルバートの言葉がよほどショックだったのか、カイルは大きな目をさらに大きく見開いた。

「そうなの、ルシア……？」

カイルの瞳は、見てわかるほどに潤み始めている。

「え、ええと……」

ルシアは焦っていた。そんなことない、と答えたかったのに、できなかったのだ。

可愛《かわい》くて、愛しくてたまらないカイル。彼の母親となって愛してあげられるなら、それが一番だと思っていたのに。

(私、どうして……？)

「無理をするな」

戸惑うルシアを労《いた》わるように、ギルバートが大きな手で頭を撫《な》でてくれる。

温かなその感触が心地よくて、ルシアはうっとりと目を閉じた。

「何事も、心の準備というものがある。今日はゆっくりと休め」

ギルバートの眼差《まなざ》しは、どこまでも優しい。出会った頃の、厳しく張り詰めた雰囲気の彼とは、まるで別人だ。

執事が最初に言っていたことが、今ならよくわかる。

優しいけれど、不器用な人なのだ。

「カイルも、ルシアが今までそれだけ頑張ってきたのか知っているだろう？　今日くらいは、ひとりでゆっくりさせてあげられるな？」

ギルバートはカイルを抱き上げ、穏やかな様子でその顔を覗《のぞ》き込む。

「……わかった！」

カイルは少し考えた後、しっかりとうなずいた。

「いい子だ。なら、今日はとっておきの甘いものでも用意するか」

「わぁ！　でも、それならルシアにもあげたいなあ」

「そうだな、厨房《ちゅうぼう》に伝えておこう」

笑顔の戻ったカイルに、ギルバートはひとつうなずくと、ルシアへ視線を移した。

「そういうわけだ。とにかく、今日はなにも考えずに体を休めろ。いいな？」

ルシアの返事を待たず、ギルバートはカイルと共に部屋を後にする。

その大きな背を見送りながら、ルシアは――。

（……私、本当に、あの方の妻になるの？）

前へ、前へと進む現実に、心が追い付いていないのを感じる。

ギルバートのことは、好きだ。特別な相手だと言って間違いない。

もし、彼がモルガーナと結婚したら。そう考えるだけで、心が締め付けられるのだから。

（なら、私はどうしてこんなに不安なの……？）

愛する人と気持ちを確かめ合い、結ばれるのは、もっと甘やかなことだと思っていた。

少なくとも、ルシアが読んだ物語の中に出てくる女性たちは、皆そうだった。

（わからないのは、当然かもしれない。こんなこと、初めてなんだもの）

ルシアは寝台に身を横たえると、深々とため息をつくのだった。

＊＊＊

その夜。上機嫌のメイドたちに囲まれ、ルシアは寝支度を整えた。

身を清め、丁寧に髪を梳かれ、肌に美容のための薔薇《ばら》水や香油を塗り込まれる。

まるで深窓の令嬢のような扱いには辟易《へきえき》したが、周囲の圧力には逆らえなかった。

だが——。

「……ねえ、本当にこれ着るの？」

メイドたちが嬉々《きき》として用意した夜着を見て、ルシアは呆然とするほかなかった。

「そうよ。素敵《すてき》でしょ？」

「でも……ちょっと薄すぎじゃない？」

にこにこしているメイドたちを見回し、ルシアは戸惑いを露《あら》わにする。

絹の夜着は、ひと目見てわかるほどに上等なものだ。貧乏男爵家の娘であるルシアでは、一生かかっても手が出ないほどに。

ただ、とにかく布地が薄い。身に着けたら、きっと体の線が透けてしまう。

恥じらうルシアの背を、中年のメイドがばん、と叩いた。

「なに言ってるの！　旦那様がこれを着たあなたを見たら、きっとそれはもうお喜びになるわ」

「お、お喜び……!?」

顔を赤らめたルシアに、別のメイドがからからと笑った。

「往生際が悪いわよ。旦那様がここにあなたを休ませたっていうのは、つまり、奥方に迎えたいってことでしょ。そうなれば、当然夜は……」

「もう、変なこと言わないでちょうだい！」

思わせぶりな笑顔を浮かべるメイドを見て、ルシアは頰を押さえた。

（いくらなんでも、みんな悪乗りしすぎじゃないかしら）

とはいえ、周囲が応援してくれているのは痛いほどに伝わってくる。

「ほらほら、とにかく着てみてよ。絶対に似合うと思うのよね」

「……仕方ないわね」

ルシアは渋々ながらも夜着に袖を通した。素肌に触れる布地は、さらさらとしていて心地がいい。胸元に縫い付けられた小さなリボンと、裾に飾られたレースがなんとも愛らしいデザインだ。

「可愛い……」

思わずそう呟《つぶ》いたルシアに、周囲のメイドたちがにんまりとうなずいた。

「それじゃ、頑張ってね！」

「期待してるわよ、未来の侯爵夫人様！」

メイドたちは次々と激励を口にして、寝室を出ていった。

残されたのは、広々とした寝台に腰かけるルシアと、枕元に置かれた小さなランプの灯《あか》りだけ。

さっきまで賑《にぎ》やかだったせいか、妙に静かに感じられた。

（ああ、どうにも落ち着かないわ。……ギルバート様、本当にいらっしゃるのかしら）

来るに決まっている。ここは彼の寝室なのだから。

（そうしたら……きっと、昨夜の続きをするのよね。まだ、最後までしていないもの）

男女の営みというものは、男性のものを受け入れて、初めて成立する……ということは、いくら色事の類《たぐい》に疎いルシアでも知っている。

だが、昨日の自分は未知の快楽に翻弄《ほんろう》されるまま気を失った。営みはまだ途中だ。

（ギルバート様は、昨日の行為を準備だっておっしゃっていた。……最後までされたら、

私、どうなってしまうのかしら）

胸を締め付ける痛みは、ひどく複雑だ。甘さと不安、恐怖、色々なものがないまぜになって、初心《うぶ》なルシアを翻弄する。

と、そのとき。ノックの音と共に扉がゆっくりと開いた。

「……まだ、起きていたのか」

「ぎ、ギルバート様！」

静かに現れたギルバートを見て、ルシアは飛び上がらんばかりに驚く。

「あ、あ、あの、私……」

「そう緊張しなくていい」

ギルバートの顔に浮かんだ苦笑には、どこか甘さが滲《にじ》む。その顔を見ているだけで、頭がどうにかなってしまいそうだ。ゆっくりと歩み寄る彼から、ルシアはさっと視線を逸《そ》らした。

「まるで借りてきた猫のようだな。いつもの気の強さはどこへ行ったのやら」

喉を震わせるように、ギルバートが低く笑う。

「そ、それは、ギルバート様が……！」

ルシアは反射的に言い返そうとして——振り向いた瞬間、目が合った。

深紅《しんく》の瞳に宿るのは、熱く濡《ぬ》れた熱情。

体の奥がぞくりと震えるのを抑えられない。

ルシアが目を背けるよりも早く、ギルバートは強引にその唇を奪った。

「ん……っ」

湿り気を帯びた唇は、呼吸すら許さないとばかりに口づけを繰り返す。その行為の艶《なま》めかしさに、ルシアは心臓が痛いくらいに締め付けられるのを感じた。

「……ところで、その格好は少々煽情的やすぎないか？」

柔らかな唇の感触をたっぷりと楽しんだ後、ギルバートはルシアを抱き寄せ、思わせぶりにそう囁《ささや》いた。

「え？　……きゃあっ！」

ルシアは改めて己の体を見下ろし、ひどく慌てた。つんと立ち上がった胸の先端が、薄い夜着をはっきりと持ち上げていたのだ。

「やだ、私、どうしてこんな……！」

慌てて胸元を隠そうとしたルシアの両手を、ギルバートが絡め取る。

「こら、隠すな。いい光景じゃないか」

「へ、変なこと言わないでください！」

今にも泣き出しそうなルシアの抗議に、ギルバートは愉快そうに目を細めた。

「昨日、あれだけのことをしたのに、まだ恥じらう気持ちが残っているとは、君は本当に初々しいな。だが……それでこそ、教え甲斐があるというものだ」

「教えるって、なにを……」

かすかに怯《おび》えるルシアの首筋に、ギルバートはちゅっと口づけた。

「男女の営み、その快楽を。君が、俺以外の男を見ることのないように」

大きな手が、胸の膨らみを掬《すく》うように持ち上げる。不意の刺激に、ルシアはびくびくと身を震わせた。

「あぁ……嫌です、やめてぇ……」

「だが、ここは俺に触れられたがっているようだが？」

尖《とが》り切った頂《いただき》をきゅっと摘《つ》ままれ、ルシアはたまらず甘い吐息をこぼす。

「だめ、そこ……変な感じになるんです……」

かすかに潤んだ瞳で、ルシアはギルバートを見下ろした。

「変な感じ、とは？　説明してくれ」

「お腹の奥が熱くなって、くすぐったいというか……あんっ」

だからやめてほしい、と訴えるよりも先に、ギルバートの指が硬く凝《しこ》った先端を押し潰《つぶ》す。途端、ひときわ甘い刺激が走り抜け、ルシアはたまらず彼に縋《すが》りついた。

「そうか。これが快《い》いんだな」

「や、だめです……あ、あ……っ」

「だが、そんなに甘い声を上げられたら、もっと聞きたくなってしまう」

ギルバートは夜着越しにルシアの胸をやわやわと揉《も》みしだき、先端を執拗《しつよう》に擦《こす》った。

彼の指でいたぶられるたびに、そこはますます充血していく。まるで、その刺激を待ち望んでいるかのように。

「ああ、あっ……ん、やぁ、あ……」

ギルバートの丹念な愛撫《あいぶ》に、純真なルシアは翻弄されるばかりだった。甘く震え続ける体を、彼に預けるほかない。

やがてギルバートは、ルシアの体を寝台に横たえると、夜着の裾をゆっくりとまくり上げた。

下着の類《たぐい》はなにもつけていない。生まれたままの姿が、淡いランプの光に映し出され、ギルバートの前に晒《さら》される。

「ああ……見ないでください……」

「……綺麗《きれい》だ、とても」

ギルバートは陶然と呟《つぶや》くと、ルシアの胸元へ顔を寄せる。

と、胸の頂に熱く湿ったものが触れるのがわかった。彼の舌だ。

充血した蕾を舌先で押し潰すように愛撫されると、甘い悲鳴が止まらなくなる。

「そんなところ、舐《な》めないで……ああっ」

「おかしいな、もっと舐めてほしいと聞こえるが」

「違……っ、んん、あ、ああっ……！」

不意に頂をきつく吸われ、ルシアは快感に身悶《みもだ》えした。

「や、吸わないで……っ」

「舐めるな、吸うなと、注文が多いな、君は」

「それは……だって、ギルバート様が……んっ！」

与えられる快楽に、ルシアはただ啼《な》くことしかできない。

「……これほどに甘い肌へ触れないというのは、どんな拷問だ？」

ギルバートは苦しげに呻《うめ》いたかと思えば、その手をゆるやかにルシアの下腹部へ這《は》わせた。柔らかな腹から臍《へそ》へ、そしてさらにその下へと。

ルシアが無意識で両足を擦り合わせると、いやらしい水音が響いた。昨夜と同じ、いや、それ以上に満ち溢《あふ》れた蜜が、すっかり足の間を濡らしているのだ。

「君は濡れやすいな。それとも、期待しているのか？」

ギルバートの指が濡れた蜜襞へ差し込まれた、その瞬間。

「嫌……っ！」

ルシアは反射的に、ギルバートを突き飛ばした。

「ルシア……？」

あまりの剣幕に、ギルバートは愛撫の手を止め、唖然とした顔を浮かべている。

「あ……」

ルシアもまた、呆然と言葉を失っていた。どうして、ここまで激しく彼を拒否したのか、自分でもわからなかったためだ。

「も、申し訳ありません、ギルバート様……」

ルシアの声は震えていた。声だけではない。手も、足も。全身の震えが止まらない。

（どうしよう、私、しっかりしないと）

ギルバートを誘惑したのは他でもない自分だ。なのに、こんな風に拒絶するなんて。

（カイルも、皆もがっかりする。だから……）

ルシアは震える体を叱咤《しった》して、ギルバートへ手を伸ばした。

「ギルバート様、もう、大丈夫です。少し、驚いただけですから……」

彼の手を、自らの下腹部へ導く。大丈夫、大丈夫と自分に言い聞かせながら。

だが、ギルバートはルシアの手を優しく握り直すと、彼女の額へ口づけた。

「……無理をしなくていい」

「で、でも」

「そもそも、今日は休んでいるようにと命じたのは俺だ。なのに、君が寝室にいるところを見たら、止まらなくなってしまった」

慌てるルシアをよそに、ギルバートは苦々しく微笑《ほほえ》んだ。

「悪かった。俺は、事を性急に進めすぎたようだ」

舞踏会のために、艶《つや》めくほど手入れされた金の髪。その感触を愛おしむように、ギルバートの手がルシアの頭を撫でた。

「今日はこれ以上のことはしない。だから、安心してくれ。ただ……」

ルシアの夜着を整えながら、ギルバートはどこか恥ずかしそうに笑う。

「君の隣で眠ってもかまわないか？　少しでも、同じ時間を過ごしたいんだ」

その笑顔は、どこかカイルに似ている気がした。もっとも、叔父と甥なのだから、当然かもしれない。

（……こういう顔で見られると、弱いのよね、私）

カイルのおねだりを許すときのように、ルシアは苦笑交じりのため息をこぼした。

「眠るだけなら、大丈夫です」

「承知した。……ところで、お休みの口づけをするのは？」

「もう、どうして要求が増えているんですか⁉」

ルシアはわざとらしく怒った顔をしてから、そっとギルバートの頬に口づける。

（……キスをするのは、嫌じゃない。私、やっぱりこの方《かた》のことが好き）

唇に感じた熱に、胸の奥がどきりと弾《はず》む。切なく、けれど甘い痛みは、これが特別な気持ちなのだとはっきり教えてくれる。

（なのに……どうして、あんなに恐ろしかったの？）

いくら考えても、答えは見つからない。

やがて穏やかな寝息を立て始めたギルバートを眺《なが》めているうちに、ルシアもまた眠りに落ちたのだった。

＊　＊　＊

目が覚めたときには、ギルバートの姿は既になかった。

寝乱れたシーツに触れると、かすかな温もりだけが残っている。それが、妙に寂しい。

(……でも、仕方ないわ。私、あの方を拒絶してしまったんだもの)

むしろ、寝室から追い出されなかったことをよしとするべきだろう。

「おはよう、ルシアさん。いえ、そろそろルシア様とお呼びした方がいいかしら」

朝の支度を手伝うためか、メイドたちが室内に姿を現す。ルシアは曖昧《あいまい》な笑みを浮かべて挨拶《あいさつ》を返すと、運ばれてきた水で顔を洗い、身支度を整えようとした。

昨日は一日、上等な絹の部屋着でごろごろとしていただけだ。

(色々あったけど、私の立場はまだ、あくまで子守のメイドなんだから！　今日こそは、しっかりカイルの面倒を見ないと！)

憂鬱《ゆううつ》な気分を吹き飛ばすとばかりに、ルシアはやる気に燃える。だが——。

「あの、私の服はどこにあるの？」

着替えが見当たらず、ルシアはきょろきょろと周囲を見回した。

この屋敷に置いてあるのは、メイドのお仕着せが数着と、就寝着、それと私服のワンピースだけだ。だが、この部屋にはどれも置かれていない。

「やだ、ルシアさんったら」

と、メイドたちは寝室に置かれていた衣装簞笥を開けた。

中にずらりと並んでいるのは、上等な服ばかり。とてもではないが、使用人が着る類のものではない。そもそも、これらはカイルの母親の形見ではないのだろうか。

「カイル坊ちゃまは、ルシアに好きに使ってもらってかまわない、と仰せです」

ルシアの考えなどお見通しとばかりに、メイドはそう告げる。

「そういうわけにはいきません。カイルにとっては、どれも大切な思い出の品だもの」

舞踏会のときに借りた銀の髪飾りは、カイルたっての頼みだったからやむを得ない。だが、今回ばかりは譲れなかった。

「それに、私はまだこの家の子守メイドです。いつものお仕着せを持ってきてくれないのなら、無理やりにでも取りに行きますからね」

下着姿で歩き出そうとしたルシアを、周囲が慌てて止める。

こうして強引にメイド服に着替えたルシアだったが、いつもと同じように働いていても、やはり落ち着かない。

というのも、使用人の誰もが、ルシアとギルバートの関係に祝福の雰囲気を隠さないためだった。

（筆頭侯爵家だっていうのに、身分差に反対する人間は誰もいないの……⁉︎）

つい贅沢《ぜいたく》なことを考えてしまい、ルシアは眉間に寄った皺《しわ》を押さえた。

すると、隣に座っていたカイルが、心配そうに見上げてくる。

「ルシア？　あたまいたいの？」

「あ……ううん、少し考え事をしていただけ」

そうだ。今は食堂で、カイルの食事補助をしていたのだった。

ルシアは散漫になりがちな意識を集中させるべく、軽く頭を振る。

ギルバートは朝早くから外出してしまったとのことで、室内にはカイルと二人きりだ。

「ねえねえ、ルシアはいつおじさまとケッコンするの？」

「そうね、いつかしらね。はい、カイル、あーん」

ルシアは笑顔で質問をかわしながら、小さく切ったハムをカイルの口に運んでやる。

いつもはここまでしないのだが、今日は特別だ。たっぷり甘やかして、興味の矛先を変えてしまおうという作戦である。

「あーん……おいしい！」

カイルの顔が輝くのを見て、ルシアは少しばかり良心が痛むのを感じた。

「食べ終わったらなにをしましょうか？　水遊び？　それとも絵本を読もうかしら」

「んー……おさんぽ！」

そうしてルシアは、いつもと同じようにカイルの世話に明け暮れた。

きっと、目の前の悩みから逃げようとしていたのだろう。少なくとも、カイルのためにと動いている間は、余計なことを考えなくて済んだためだ。

だが──。

「……ふふ、よく寝てる」

午後、うとうとし始めたカイルを寝かしつけたルシアは、不意に表情を曇らせる。

不安はなくなったわけではない。あくまで押し殺していただけだ。

だから、こうして不意に空白の時間ができると、胸の奥から湧き上がってくる。

(カイルが起きた後のために、果実水を用意してもらいましょう)

いつもなら、カイルのお昼寝時間は休憩に充てている。だが、今日は無理にでも仕事を入れないと、自分が自分でなくなってしまいそうだ。

ルシアは物音を立てないよう、静かに子ども部屋を出ていく。

すると、偶然にも、慌てて走ってくるメイドのひとりと出くわした。

「どうかしたんですか？」

相手があまりにも焦った様子なので、ルシアは放っておけずに声をかける。

「ああ、ルシアさん。大変なのよ、急ぎの届け物があって」

聞けば、今日の午後までに届けなければいけない書類が残っていたらしい。

「なら、私が行きますよ」

「で、でも」

ためらうメイドから、ルシアは封書を強引に奪った。

「届け先は……よかった、ここならわかります。私が手伝っていたお店の近くですから」

ルシアは封書の宛て書きを確認すると、メイドの返事も聞かずに歩き出した。

(働き始めた頃は、外に出るなって言われてたけど……)

ギルバートが外出禁止を言いつけたのは、ルシアが信頼できるかどうかがわからなかったためだ。彼と思いを通じ合わせた今なら問題ないだろう。とはいえ、多少のお叱《しか》りはあるかもしれないが。

(でも、胸がモヤモヤしてるときは、きちんと息抜きしないとね)

そうして、ルシアは久しぶりにファルコ侯爵家の屋敷の外へと出た。

パーティーの手伝いから始まり、成り行きでカイルの子守になってから、早くも二カ月近くが経っている。ずっと屋敷の中で生活していたせいか、外の景色は驚くほど新鮮だ。

貴族の邸宅が立ち並ぶ高級住宅街は、色とりどりのレンガで舗装され、道の両脇には街路樹が規則的に植えられていた。

屋敷に来た頃よりも木々の緑が濃い色をしていることに気付き、否応《いやおう》なしに季節の移り変わりを知らされる。

（ここ最近、本当に色々なことがあったわね……って、いけない。ぼんやりしてる場合じゃなかった）

ぐずぐずしていたら、カイルが起きてしまう。ルシアがいないと知ったら、どれだけ寂しがるか。

ルシアは急いで歩き出した。目的地は、ファルコ侯爵家の屋敷から区画を二つ進んだ先にある商家だ。四半時《しはんとき》もあれば辿《たど》り着けるだろう。

だが、少しして妙なことに気付く。彼女の後方に、付かず離れずといった様子で見え隠れする人影があるのだ。

初夏の時期には不似合いな厚手の外套《がいとう》を着て、帽子を深々と被っている。顔は見えないが、体格を見るに男性だろう。

（付いてきてる？　……ううん、まさかね）

ルシアは脳裏によぎった不安を打ち消すように、ぶんぶんと首を振った。

だが、閑静な住宅街を抜けた後も、人影はルシアの後ろにちらちらと見え続けていた。

（どうしましょう……）

商家まではあと少し。だが、そこまでに、人通りがぐっと少なくなる道がある。

住宅街を歩いているうちは安心していられた。声を上げれば、どこかの家の使用人が様子を見に来るだろうと思っていたからだ。

だが、この先は、どれだけ騒いでも、誰も気付かないのではないだろうか。

（う、ううん、私の考えすぎよ。偶然、目的地が同じだけ）

だいたい、なんの目的があってルシアを追ってくるというのだろう。ファルコ侯爵家での現在の扱いはともかく、お仕着せ姿の自分はただのメイドにしか見えないはず。手にしている封書も、商家から購入した物品の明細だという話だ。

（うん、急いで行けば大丈夫。帰りは……少し遠回りになるけれど、大通りで辻馬車《つじばしゃ》を拾えばいいし！）

ルシアは足を速めた。だが、それに呼応するように、背後の人影も速度を増す。

（やっぱり、追って来ている！）

ルシアが確信する頃には、その人物は間近へと迫っていた。スカートの裾を抱えるようにして走りだすが、すぐに距離を詰められてしまう。

深く被った帽子の下から見えるのは、見ず知らずの壮年の男の顔。

「待て……！」

「そんなこと言われて、待つ人間がいるわけないでしょ！」

伸ばされた手を、ルシアは身を屈《かが》めるようにして避《さ》けた。弟妹たちやカイルと鬼ごっこをして遊んだのが、まさかこんなところで役に立つとは。

「くそっ……！」

男は憎々しげに毒づくと、躍起になって腕を振り回し、ルシアを捕まえようとした。

ルシアは素早い身のこなしでかわしていたが、それも長くは続かない。逃げるうちに、どんどんと狭く細い路地へと追い立てられていたためだ。

おそらく、それも目の前の男の策略だったのだろう。気付いたときには、建物と建物の隙間にある袋小路まで追い込まれていた。

「まったく、手間をかけさせてくれたな」

その頃には、男もルシアへの敵意を隠そうとはしなくなっていた。

「いったい、なにが目的なの。私、ただのメイドよ」

迫る男から距離を取るように、ルシアは後ずさる。

「さてね。俺はただ頼まれただけだからな。おとなしく付いてきてもらうぜ」

にやついた笑みを浮かべ、怪しげな男が近付いてきた、そのとき。

「おや！　そこにいるのは、可愛いルシアではないかい⁉」

緊迫した雰囲気とは正反対の、呑気で明るい声が聞こえた。

「こんなところで逢《あ》い引きかい？　いやいや、それはどうかな。こんな明るいうちから人目をはばかるだなんて、まるでよろしくない関係だと喧伝《けんでん》しているようじゃないか！」

声の主は、わざとらしいほどの大声で、そう叫《さけ》ぶ。まるで、ここに人がいると触れ回っているかのように。

「そうだ！　我が家で一緒にお茶をするのはどうだい!?　さあさあ、遠慮なさらず！」

「くそっ……！」

声の主に掴《つか》まれそうになった手を、外套の男は慌てて振り払い、そのままどこかへ走り去っていく。

残されたルシアは、といえば。

「……助かったわ、父様」

自分を助けてくれた声の主――父親であるエルンストの姿を目にし、安堵《あんど》のあまりその場にへたり込むのだった。

＊　＊　＊

父の手を借り、ルシアはやっとのことで立ち上がった。驚きと恐怖で、すっかり腰が抜けていたのだ。

「しかし驚いたよ。まさか侯爵家に奉公に出たままの娘が、路地裏で変質者に追い詰められているなんてね」

「私も驚いたわ。まさか父様とこんなところで会うなんて」

このあたりはルシアの家である集合住宅《アパルトメント》からかなり離れている。

「いやあ、掘り出し物の本がないか探していたら、気付かないうちに遠くまで来てしまってねえ」

エルンストは、のほほんとした様子で頭を掻《か》いた。

「父様ったら相変わらずね。でも、おかげで助かったわ」

「うんうん、これも本の神様のお導きだね。しかし、いったいなにがあったんだい？」

「それが、私にもわからなくて……」

ルシアは父に、これまでのことを話した。侯爵家でお使いを引き受けたこと、歩いていたら妙な男に後を付けられたこと……そして、偶然通りかかった父が、こうして助けてくれたこと。

娘の話に、エルンストはううん、と首を捻《ひね》る。

「ファルコ家といえば、筆頭侯爵家だ。そりゃ、政敵は多いだろうが……。だからといって、ただのメイドを攫《さら》おうとするなんて、あまりにも物騒な話だね。その書簡が特別なものだというのなら、話は別だけど」

「まさか。そんな大切なものなら、私がこうして歩いて届けたりしないわ」

ルシアの言葉に、それもそうだ、とエルンストがうなずく。

「とはいえ、近くにさっきの不審者が潜んでいないとも限らない。僕も届け物に付き添うとしよう」

エルンストに付き添われ、ルシアは無事に書簡を商家まで届けることができた。

「さて、帰らなきゃ。大通りで辻馬車を拾うから、ここでお別れね」

「そう言わず、少しは家に寄って、家族に顔を見せていきなさい。皆、お前がいなくて寂しがっているんだよ。馬車の代金なら出すから、ね？」

「父様がそこまで言うのなら……」

辻馬車を拾えば、オーゲン男爵家が住む集合住宅まではすぐに着く。ルシアはエルンストの提案に従い、一度、実家に戻ることにした。

「ただいま、みんな！」

集合住宅の古びたドアを開けると、玄関の近くで遊んでいた一番下の妹ベルが、ルシアの姿を見て目を丸くする。

「ルシアおねえさまだ！」

「えっ、姉様⁉」

「帰ってきたの？　それとも、侯爵家をクビになったとか⁉」

途端、わらわらと四人の弟妹たちが集まってくる。

「侯爵家で頼まれたお使いのついでに、少し寄っただけよ。みんな元気そうね」

笑いかけるルシアに、弟妹たちはそれぞれ満面の笑みを浮かべた。すぐ下の妹であるエレーナなど、かすかに目を潤ませている。

「お姉様が元気そうでよかった……。わたしのせいで無理させてるんじゃないかって、心配で」

「馬鹿《ばか》ね、エレーナったら。そんなことを心配するより、デビュタントにどんなドレスを着るか、楽しみに考えておきなさいな」

ぐすぐすと鼻を鳴らすエレーナを、ルシアは抱き寄せる。

侯爵家で子守の仕事にありついたおかげで、少なくとも、彼女のデビュタントを万全の状態で迎えられるようになった。そのことは、ギルバートとカイルにいくら感謝しても足りない。

「それじゃ、みんなの顔も見られたし、私は屋敷に戻るわね」

「もう、そんなに慌てないで、お茶でも飲んでいきなさいな」

ルシアを引き留めたのは、遅れて台所から出てきた母のモニカだった。

「ちょうど今、あなたの好きなオレンジケーキを焼いていたのよ。マーサさんのところの店番に行ってたエレーナがたくさん貰《もら》って帰ってきてね」

言われてみれば、家の奥から甘い香りが漂ってくる。同時に、ルシアのお腹がぐぅ、と鳴った。不審者との一件もあり、家族の顔を見た途端に気が抜けてしまったようだ。

「……まあ、少しだけなら」

ひと休みするくらいならいいだろう、とルシアは久しぶりの我が家へ足を踏み入れる。

狭い家だ。侯爵家の使用人たちが使う寝室よりも、ずっと、ずっと。

けれど、産まれてからずっと住んでいた家は、どんな場所よりも心地がよかった。乱雑に積まれた本の、古びた紙の匂いを嗅ぐだけで、懐かしさで泣きそうになる。

(やだ、私ったら。ほんの二か月、留守にしただけなのに)

袖口で目を擦り、ルシアは食卓に着く。少しがたついた椅子《いす》、いつもの定位置。ただそれだけなのに、胸にぱんぱんに詰まっていた不安が溶けていくような気がした。

紅茶とケーキをお供に、久しぶりに顔を合わせる家族と、他愛のないお喋《しゃべ》りに興じていると、時間が経《た》つのはあっという間だ。

「おっと、そろそろカーテンを閉めよう。日光で本が傷んでしまう」

エルンストがふと立ち上がる。父が向かった窓から差し込む日差しが思ったよりも傾いていることに気付き、ルシアは慌てた。

「いけない！　私、もう戻らないと！」

「ええー、ルシア姉様、もう行っちゃうの」

「夕飯も食べていけばいいのに」

口々にそう言う弟妹と母に、ルシアは苦笑する。

「ごめんね。でも、屋敷で待っている人がいるから」

「それって、ルシアおねえさまが子守をしてる、カイルっていう子のこと？」

「ええ、そうよ。ベルよりも三歳年下で、とっても可愛い子なの。いつか、みんなにも会わせてあげたいわね」

「でも、侯爵家のお世継ぎなんでしょ？　わがままだったりしない？」

ベルが拗《す》ねたように唇を尖らせる。きっと、大好きな姉を取られてしまったと思っているのだろう。

「ううん、とっても素直でいい子よ。ベルも、きっと大好きになるわ」

「そうかなぁ……」

しゅんした顔をするベルが可愛くて、ルシアは頭を撫でてやる。

「他には？　お屋敷にはどんな人が住んでいるの？」

「侯爵様は⁉　おヒゲのある、怖い顔の人なの？」

矢継ぎ早に弟たちから質問を受けて、ルシアはくすりと笑う。

「ううん、ギルバート様はまだお若い方よ。もともとは軍人さんだったから、とても背が高くてたくましいのよ」

一見すると怖い顔をしていて、不器用で――でも、ひどく優しくて。

ルシアが話すギルバートの人となりに、ふと、モニカが微笑みを浮かべた。

「あなたは、侯爵様のことが大好きなのねえ」

「か、母様⁉　な、なにを……！」

「だって、今までに見たことないくらい、幸せそうな顔をしているわ。侯爵家の子守になるって報《しら》せが届いたときは、どうなることかと思ったけれど、楽しくやっているようで本当によかった。可愛い子には旅をさせよというのは本当ねえ」

すると、母の横から、弟たちがにゅっと顔を出す。

「ねえねえ、もうチューしたの⁉」

「ルシア姉様みたいにガサツな女が、侯爵様のお眼鏡にかなうわけないだろ？」

「あなたたち、妙なこと言わないでちょうだい……！」

ルシアは顔を赤らめ、弟たちを睨《にら》みつける。

すると、にわかに玄関の方が騒がしくなった。誰かが慌てて扉を叩いているようだ。

「あらあら、どなたかしら。はぁい……」

母のモニカが玄関のドアを開ける。すると、どかどかと乱暴な足音が踏み入ってくるのが聞こえた。

「失礼！　ルシアはここにいるか⁉」

聞こえてきた声に、ルシアは驚きのあまり固まってしまう。

大柄な体を縮めるようにして、乱雑な室内へと入ってきたのは、他でもないギルバートだったのだ。

「どうして、ここに……」

「それはこちらの台詞《せりふ》だ！　使いに行ったまま帰ってこないと聞いて、俺がどれだけ心配したかわかっているのか⁉」

すごい剣幕で迫るギルバートを押し留めたのは、そばで様子を窺《うかが》っていたエルンストだった。

「まあまあ、落ち着いて。侯爵閣下におかれましては、大切な娘を心配していただき、恐悦至極に存じます」

少しおどけた様子のエルンストに、ギルバートははっとした顔をする。

「すまない、取り乱した。貴公はオーゲン男爵か。王宮で何度かお見掛けしたことがある」

「はは、まさか筆頭侯爵閣下に存じていただけているとは」

エルンストとギルバートが穏やかに挨拶をし合っていると、玄関先からひょこんと小さな頭が覗いた。

「おじさま、もうはいっていい？」

「か、カイル!?」

ルシアは今度こそ固まってしまう。

「ギルバート様、まさかカイルを玄関の前に置き去りにして入ってきたんですか!?」

「す、すまない。つい、頭に血が上ってしまって」

「信じられない！　カイルが誰かにかどわかされたらどうするつもりなんですか！　こんなに可愛いのに……！」

てとてとおぼつかない足取りで歩いてきたカイルを、ルシアはさっと抱き上げた。

「ごめんね、カイル。お昼寝から起きたとき、そばにいてあげられなくて」

「ううん、ぼく、もうひとりでもへいきだもん。でも……」

宝石のようなまん丸の瞳が、不安そうにルシアの顔を覗き込んだ。

「ルシア、おうちにかえっちゃうの？　ぼくのかあさまになってくれないの？」

「えっ、お母さま⁉　この子の⁉」

「お姉様、いったいどういうことなのよ！」

ルシアとカイルの会話を聞いていた弟妹たちが、一斉に騒ぎ始める。

「あー……えっと、話せば長くなるんだけど……とりあえず、ギルバート様はそこに座ってください。狭い家ですけど、我慢できますよね？」

「問題ない。国境の砦《とりで》よりよほど快適だ」

空いていた椅子にギルバートを座らせると、ルシアはカイルを抱き上げたまま、家族にこれまでのことを話し始めるのだった。

＊　＊　＊

「……はぁー、まさかルシアが、侯爵閣下に見初められるとはねえ」

ひととおりの話を聞き終えたエルンストは、感嘆のため息をこぼした。

「まるで恋物語《ラブロマンス》のようじゃないか。まさか、うちの娘が本に出てくるような運命と巡り合うとは、素敵だと思わないかい、モニカ」

「ええ、本当に」

おっとりとうなずき合う両親に、ルシアは慌てた。

「ちょ、ちょっと待ってってば！　まだそうと決まったわけじゃ……」

「なんだよー、姉様、もうチューしてたんじゃん。照れなくてもいいのに」

ヒューヒュー、とはやし立てる弟たちの頭へ、ルシアは順番にげんこつを落とした。

一方、ルシアに抱かれたカイルは、彼女が話している間、ずっと興味深げに室内を見回していた。

「あなた、本に興味があるの？」

つんと澄ました顔で、ルシアの下の妹であるベルがそう話しかける。

「うん！　ルシアがいつもよんでくれるから」

「あたしだって絵本くらい読めるわ。みんな難しい話をしてるし、あっちで遊びましょ」

ベルはにっこりと笑った。自分より小さい子がいることが珍しくて、年上として振る舞ってみたくなったのだろう。

カイルとベルは近くに置かれていた絵本を手に、楽しそうに隣の部屋に向かう。

「お、おい、あまり遠くには」

「侯爵家のお屋敷じゃあるまいし、こんな狭い家で、遠くもなにもありませんよ」

呼び止めようとしたギルバートを、ルシアが冷静に制した。

「カイルだって、たまには似たような年頃の子と遊びたいでしょう。ここはベルに任せてください。私に似てしっかりしていますから」

「君がそう言うのなら……」

ギルバートは気持ちを切り替えるように咳払《せきばら》いをすると、改めて、真剣な面持ちでエルンストへと向き合った。

「エルンスト殿。改めて、お願いする。どうか、ルシアを我が侯爵家の妻に迎えることをお許しください」

「そうですねえ。父としては、願ってもないご縁なんだけれど……」

不意に、エルンストはルシアへと視線を移した。

「お前はどうなんだい、ルシア」

「私？」

ルシアは思わず、指で自分を示して見せる。

「それは、ありがたい話だって、私も考えているけど……」

「ああ、状況的にはそう判断して当然だ。だが、お前の気持ちは？」

エルンストの言葉に、ルシアははっと目を瞠《みは》る。

自分自身の気持ち。それはまさしく、この二日、頭の隅からずっと離れることのなかった悩みだった。

黙り込んだルシアに、ギルバートは絶望的な視線を送る。

「ルシア。まさか、俺の立場を思って、拒絶できなかったなんてことは」

「少し黙っていてください。今、考えていますから」

ルシアの冷静な反論に、ギルバートはぐっと押し黙る。

「侯爵様、もう姉様の尻に敷かれてる」

二人のやり取りを見ていた弟たちが、おかしそうに笑った。

その声を聞きながら、ルシアはふと、自分の心がここ数週間で一番穏やかだということに気付く。

（……ああ、そういうことなのね）

ふう、と息を吐《は》く。たぶん、自分が難しく考えすぎていただけだった。

（私は父様と母様の娘で、きょうだいたちのお姉ちゃんで、カイルのお母さんで。そこに、大きな立場がいくつも増えるんだと思って、不安だったんだ）

筆頭侯爵家の妻、女主人、ギルバートの伴侶。

細い肩に、それほどの重みを背負って、ルシアの心は潰れそうになっていた。

――でも、たぶん、それは違うのだ。

食卓に座るギルバートを見ると、温かな気持ちになる。

自分の大切な家族に、大好きなギルバートとカイル。全員が揃う光景を見つめるのが、嬉しくてたまらない。

(私は私。大好きな人は全員、私の大切な宝物。それでいいじゃない)

好きな人のそばにいたい。愛して、愛されたい。

なんてことはない。理屈を取り払えば、ルシアの心はただそれだけを望んでいた。

「父様、母様。私、ギルバート様のそばにいたい。自分に、侯爵家の妻なんてものが務まるのかは、まだわからないけれど……できるだけのことはしたいの」

ルシアはまっすぐに、けれどどこか不安そうに、両親を見つめた。

「みんなのお世話は、もうできなくなってしまうけど……いいかな」

「なにを言ってるんだい、ルシア。いいに決まっているじゃないか！」

娘の決断に、エルンストはぱあっと表情を明るくした。

「そうよ、ルシア。いつもいつも弟や妹たちのことを考えてくれて、自分のことは後回しだったじゃないの。そんなあなたが初めて、わたしたちにやりたいことを話してくれて、とっても嬉しいの！」

モニカもまた、目の端に涙を浮かべて何度もうなずく。母のそんなに嬉しそうな姿を、ルシアは初めて見た。つられて泣いてしまいそうだ。

親子の様子を安堵の顔で見つめていたギルバートが、おもむろに咳払《せきばら》いをする。

「では、改めて。……ルシア、俺と結婚してくれるか」

「……はい」

はにかむように微笑み、ルシアはうなずいた。すると、ギルバートは窮屈そうな動作で身を伸ばし、彼女の頬へキスをする。

「幸せにする、絶対に」

耳元で囁かれた言葉に、ルシアは胸がじんと温かくなるのを感じるのだった。

＊　＊　＊

色々と騒がしい一日を終えて――。

ルシアは再び、侯爵夫妻の寝室へと戻ってきた。

今回は、そう命じられたからでも、ギルバートに望まれたからでもない。

他ならぬルシア自身が、帰還することを決めたのだ。

「カイル、楽しそうでしたね。遊び疲れてすぐに眠ってしまったわ」

夜着に着替えたルシアは、柔らかな寝台に腰かけた。途端、今日の疲れがどっと体に押し寄せてくるのを感じる。

ルシアの家で弟妹たちと賑やかに過ごしたカイルは、よほど楽しかったのか、最後は屋敷に帰ることを泣いて嫌がった。ギルバートがまた連れてくると約束して、なんとか宥《なだ》めたほどだ。

「ああ。やはり、同じ年頃の子と過ごすというのは特別なんだな。次は君の家族をこの屋敷に招待することとしよう」

就寝の支度を整えたギルバートが、ルシアの隣に腰を下ろす。

「なんだか、夢のようだな。君が、本当に俺の元にいるというのは」

昨夜、ルシアに拒絶されたことがよほどショックだったのだろう。頬を撫でる彼の手はひどく優しく、それでいてどこか臆病だ。

「……キスしても、かまわないか？」

おそるおそるといった様子で問われ、ルシアもまた、おずおずとうなずいた。

今まではいつも、ギルバートがこらえ切れないといった様子で口づけることが多かった。けれど、今日からは違う。

（ギルバート様に、触れたい）

ゆっくりと近付いてくる彼の首へ、慣れない仕草《しぐさ》で手を回す。ルシアもまた求めているのだ、と伝えるように。

「ん……」

ルシアは目を閉じた。最初こそ優しく触れるだけだったキスは、すぐに吐息すら奪うほどの激しさへと転じた。

熱い舌が、急《せ》くように口腔《こうくう》内へと入り込む。ルシアがおずおずと自らの舌を絡めると、ギルバートは性急な手つきで、彼女を寝台へと押し倒した。

「すまない。君があまりにも可愛くて、抑えが利かない」

口づけの合間に、苦しげな声でそう囁かれる。眉根を寄せたギルバートの顔は、隠し切れない情欲の気配を滲ませていた。

「……かまいません」

その言葉が嘘《うそ》ではないと伝えるように、ルシアは彼を抱く手に力を込める。

「私、ギルバート様のこと、もっと知りたいんです。……家族になるんですから」

「ルシア……っ！」

嵐のように降り注ぐ口づけの中、ギルバートの手が夜着越しに胸の膨らみへと触れた。

「んん……っ」

胸の頂は、既にはっきりわかるほどに勃《た》ち上がっていた。ギルバートの指が触れるたび、ルシアはあられもない声を上げてしまう。

「ああ、もうこんなになっているな。俺のことを、それほど求めてくれていたのか」

布越しに先端を捏《こ》ねられ、ルシアはびくびくと体を震わせた。今までの積み重ねか、それともルシア自身が心を開いたためか、体は欲望に忠実だ。ギルバートの与える快感を、的確に拾っていく。

「指でこれだけ感じるのだから、舌で舐めたらどうなってしまうのだろうな」

ギルバートはルシアを辱《はずかし》めるかのように笑うと、夜着の裾を持ち上げる。

生まれたままの姿が晒《さら》され、ルシアは恥じらいに震えた。初めてというわけでもないのに、この瞬間は何度経験しても慣れない。

ギルバートはルシアの胸元に顔を埋《うず》め、赤く凝った頂を口に含んだ。熱い舌で押し潰されるように愛撫され、甘い感覚が胸から全身へと広がっていく。

「ああ……あ、あ……っ」

「可愛いルシア。もっと声を聞かせてくれ」

愛撫の合間に囁かれ、吐息が肌にかかる。かすかな刺激すら、今は官能を呼び起こす呼び水だ。

身悶えするルシアをうっとりと見つめ、ギルバートはおもむろに彼女の足へと手をかけた。快楽のあまりぴったりと閉じていた膝を優しく開き、その間へ体を滑り込ませる。

「こちらは……ああ、濡れているな」

秘められた場所へ長い指が差し入れられた途端、くちゅ、と水音が響いた。

「俺のことを、こんなに求めてくれているんだな。嬉しいよ」

溢れんばかりの愛蜜を纏《まと》わせた指が、ルシアの秘裂を暴いていく。肉の花弁を割り開くような感触に、腰がぞくぞくと疼《うず》いた。

恐怖ではなく、快楽の予感に。

ギルバートの指は粘着質な感触を楽しむように柔襞を撫でた後、その付け根で膨らむ花芯に触れる。

途端、ひときわ高い嬌声《きょうせい》が、ルシアの喉から漏《も》れた。

そのことに気を良くしたのか、ギルバートは蜜を擦りつけるようにして、花芯を愛撫し始める。

するると、先ほどまでとは比べ物にならないほどの快感がルシアを襲った。

「ああ……っ、駄目、無理ぃ……っ！」

あまりの刺激の強さに、ルシアは目の端に涙を浮かべ、ふるふると首を振る。しかし、彼女の言葉とは裏腹に、秘裂の奥からは溢れんばかりの愛蜜が滴《したた》り、ギルバートの指の動きをますます滑らかにさせた。

「ルシア、一度達してしまおうか」

ギルバートは優しく、けれどどこか意地悪に微笑むと、花芯への愛撫をますます執拗なものへと変えた。

容赦なく送り込まれる快楽に、下腹部の奥から快感がせり上がる。

「あ、あ……っ、んぅ、ああーっ！」

ルシアはそのまま、一度目の絶頂を迎えた。

だが、休む暇は与えられなかった。ひくひくと震える秘裂の奥に、彼の指が差し入れられたためだ。

「きついか？」

労わるように尋ねる声に、ルシアは小さく首を横に振る。異物感はあるが、耐えられないほどではない。

「では、少しずつ慣らすとしよう」

ルシアがうなずいたのを確認し、ギルバートは優しくキスをする。同時に、その指が彼女の内側を探るように動き始めた。

最初はこわごわと、次第に滑らかな動きへと変わっていく指。ルシアはじんわりと胎《はら》の奥が熱くなり始めるのを感じた。

胸や花芯を愛撫されているときとは、また異なる感覚だ。緩やかで、けれど甘い。甘くてたまらない。

ギルバートはルシアの様子を見ながら、差し入れる指を増やしていく。

「ほら、これで指が三本だ。ずいぶんとほぐれてきたじゃないか」

「んっ……ギルバート様、私、なんだか……おかしくなってしまいそう……ああ……」

恍惚《こうこつ》の表情で訴えるルシアに、ギルバートはどこか情欲を滲ませた目を向けた。

「そろそろ俺も限界だ。……受け入れてくれるか？」

優しい声音で、問いかけられる。

（怖い。けど……）

同じくらい、彼を受け入れたい。

「ギルバート様と、ひとつになりたい……」

名前を呼ぶ声には、恥じらいと欲望が滲む。

「……では、準備をしよう」

ギルバートは彼女の中から指を抜いた。自分の内側が急に空いた気がして、少しだけ寂しくなる。

だが、感慨に浸れたのは、ほんのわずかなひとときだけ。ギルバートが夜着を脱ぎ捨て、一糸纏《まと》わぬ姿になった瞬間、ルシアは無意識に息を呑《の》んだ。

なんて、たくましいのだろう。

頑強な胸板、筋肉で引き締まった腹部。こんなにも美しい男性の体を、ルシアは見たことがない。

そして――。

「ああ……」

ギルバートの下腹部で雄々《おお》しくそそり立つそれに、たまらず顔を押さえる。

(男の人のものって……あんな……)

弟妹の面倒を散々見ていることもあり、男の下腹部に付くそれを見るのは初めてというわけではない。だが、まさかこれほどとは想像もしていなかった。

ギルバートは赤面するルシアの額にキスをすると、顔を覆《おお》っていた手をそっと外した。

「大丈夫だ、優しくする」

ルシアの足を割り開くと、ギルバートは己を沈めていった。濡れた音と共に、蜜襞がゆっくりと開かれていく。

「あ、ああ……っ！」

下半身を裂かれるような激しい痛みに、ルシアは悲鳴を上げた。

「もう少しだ。力を抜いて、ゆっくり息をしてくれ。……ほら、全部挿入《はい》った」

「あ……」

ギルバートの言葉で、ルシアはほう、と息を吐いた。指とは比べ物にならない圧迫感と痛みに、身動きひとつできない。

けれど、嬉しかった。彼と、身も心もひとつになれたのだ。

「ルシア……愛している」

「ああ、ギルバート様……」

うっとりと互いを見つめ合い、唇を重ねる。触れるだけのキスは、次第に深く、熱いものへと変わっていった。

「……動くぞ」

キスの合間に、ギルバートがそう囁いた。同時に、ルシアの中に侵入していたそれが、さらに奥へと押し入れられる。

「あ、ああっ……んっ、あ……っ！」

ぐっと奥へ入り込んだと思いきや、ゆるゆると引き抜かれて。

最初は痛みだけしか感じなかったその往復の中に、次第に甘い愉悦が混ざり始めた。

「俺のもので、感じてくれているのか。……嬉しいよ」

ギルバートは口の端に隠し切れない笑みを浮かべると、ルシアの臍の下へ触れる。

「わかるか？　君の中はとても熱くて蕩《とろ》けるようだ。俺を締め付けて、離さない……っ」

言葉と共に、再びギルバート自身を押し込まれる。その刺激に、ルシアの体ががくがくと震えた。

「ああ、あ……っ、ギルバート、さ、ま……っ！」

ギルバートの腰が動くたびに、体が、今までに味わったことのない喜悦を感じる。頭の中も、お腹の奥もどろどろに溶けていくようで、もうなにも考えられない——。

「ああ、ルシア……ルシアっ！」

朦朧《もうろう》とした意識の中、ルシアはギルバートがきつく眉を寄せているのに気付いた。

「あ、の……苦しいんです、か……？」

弱々しく差し伸べられたルシアの手に、彼の瞳がぎらりと光る。

「いいや、我慢しているんだ。君を、食らい尽くさないように」

「あんっ……！」

ぐん、とひときわ奥を突かれて、ルシアは甲高い嬌声《きょうせい》を上げた。

「すまない。加減が難しくなってきた。君が、可愛すぎるのがいけない」

ギルバートの肉杭は、次第にルシアの内側を激しく蹂躙《じゅうりん》し始める。

「あっ……ああっ！　ああ、や、あ……激、し……っ！」

「だが、ここが快《い》いんだろう？　ほら、体は正直だぞ」

ルシアが感じる場所を見つけたギルバートは、執拗にそこを責め立てる。

「俺も、そろそろ限界だ。……一緒にイこうか、ルシア。ほら、ここも一緒に触れば、もっと気持ちよくなれるだろう？」

ギルバートはルシアの内側を責め立てながら、同時に充血し切った花芯を擦る。

「ああーっ！　あ、ああっ……んっ、あああっ！」

「わかるか？　内側がぎゅうぎゅうと締まったぞ。ルシアは素直だな」

溢れた蜜を纏わせるようにして、ギルバートはルシアの奥に己の熱をぐっと押し付けた。

「一緒にイこう、ルシアっ……。俺を、受け止めてくれっ……！」

「ああ、あ……っ！　あああ、あっ、ん、んっ……あーっ！」

押し寄せる快楽の波にルシアが身を任せたのと同時に、温かな精が胎《はら》の奥を満たしていく。

その感触が心地よくて、ルシアはそのまま意識を手放したのだった。

四章

「ルシア、ルシア！　はい、あーんして！」

「ええ、カイル。あーん……」

初めて結ばれた日の翌日、ルシアはまたしても寝台から動けなくなっていた。

体中が痛くて力が入らず、スプーンやフォークを持つことすら難しい。未経験の体の使い方をしているので、筋肉が疲労し切っているというのが、ギルバートの見立てだった。

結果、ルシアは柔らかなクッションをいくつも重ねて背当てにし、なんとか上体を起こしているというありさまだ。

その隣では、カイルがにこにことスプーンを持ち、ルシアの食事を手伝ってくれている。

どうやら、いつもと逆の立場が楽しくて仕方ないらしい。

カイルが火傷《やけど》したり、こぼしたりしないように気を付けながら、ルシアは食事を進めていく。正直、疲れる体にさらに鞭打《むちう》っている気がするが、それ以上に幸福さが勝るので仕方がない。

「ルシア、おいしい？」

「ええ、とても」

ルシアに食べさせてあげる！　と言い出したカイルのため、今日の昼食はスプーンで掬《すく》いやすいパン粥《がゆ》だ。疲れた体に、素朴な甘みが染み渡る。

「じゃあ、もうひとくち！　ふー、ふー……」

まだ温かなパン粥をスプーンで掬うと、カイルは必死に冷まし始めた。

と、そのとき。

「カイル、そろそろ交代だ」

寝室に入ってきたギルバートは、大股で寝台に歩み寄ったかと思えば、カイルの隣にどかりと腰を下ろした。

「ギルバート様、今日は執務が溜まっていたのでは？」

「朝から働き詰めだから、そろそろ休めと執事に言われた」

昨日、ルシアを探して右往左往していた影響だろう、ギルバートは朝も早くから執務室に籠《こ》もっていた。その働きぶりに、体力の違いをしみじみと感じる。

（あれだけ筋肉があるなら、うなずける気がするわ……）

昨夜目にした彼の裸体を思い出し、ルシアは納得すると同時に頬を赤らめる。たくましい胸板に浮かぶ汗の玉や、体温の上昇に色づく肉体をも思い出してしまったためだ。

（や、やだ、私ったらなにを考えてるのよ！）

赤面するルシアには気付かず、ギルバートはカイルの手からスプーンを取り上げる。

「あーっ！　ぼくがたべさせてあげてたのに！」

「お前の手伝いでは、いつまでも食事が終わらないだろう」

カイルの非難を聞き流し、ギルバートはルシアにスプーンを差し出す。

「ほら、口を開けろ、ルシア」

「……自分で食べられます」

「君は、嘘《うそ》が下手だな」

ギルバートの含み笑いに、ルシアはむっと唇を尖《とが》らせた。が、彼が動じる様子はない。根負けしたのはルシアの方だった。おずおずと口を開け、ギルバートの持つスプーンを受け入れる。

パン粥を咀嚼《そしゃく》し、飲み込むまでの間、ギルバートはずっとルシアの様子を眺《なが》めていた。

「可愛《かわい》いな、ルシアは。……もっと、色々な顔が見てみたいものだ」

抑え切れないといった様子で、ギルバートはルシアのそばに寄り、彼女の頬にキスを落とす。

「ちょ、ちょっと！　カイルがいる前で！」

「あーっ、おじさまばっかりずるい！　ぼくも、ぼくもルシアにキスするの！」

動揺するルシアとは裏腹に、カイルはギルバートを押しのけて、ぎゅうっとルシアに抱き着き、その小さな唇を彼女の頬に寄せた。

その愛らしい口づけに、ルシアは困りながらも笑みが抑え切れない。

「もう、カイルが将来、変な遊びを覚えたら、あなたのせいですよ」

「これくらい見慣れているさ。兄夫婦は仲睦《なかむつ》まじかったからな」

「ルシア、ぼくにキスされるの、いや？」

「そんなわけないわ！　少し驚いただけよ」

しゅんと眉を寄せたカイルに、ルシアは慌てて首を横に振った。

「じゃあ、ルシアもぼくにキスして！　ねっ!?」

「もう、しょうがないわね……」

ルシアはそっとカイルの頬にキスを落とした。もちもちとした頬は、体温の高い子どもらしく、とても温かい。

「ルシア、だーいすきっ！」

「こら、ルシアはまだ食事中だ。少し離れていなさい」

小さな体を引き剝《は》がそうとするギルバートに、カイルはぶんぶんと首を横に振った。

「やだ！　ぼくもルシアにあーんってするの！」

「では、俺とカイルで交互に食べさせてやるとしよう」

「あの、私抜きで話を進めないでもらえますか……って、聞いてないし」

ギルバートとカイルが楽しそうに盛り上がるのを見て、ルシアはため息をついた。

（……まあ、二人が仲良くなったのは、いいことだけど）

ルシアが最初にこの屋敷を訪れたときからは、想像もできない光景だ。まさか、そこに自分が挟まるとは思いもしなかったが。

「ほら、ルシア。もう一口だ。口を開けろ」

「つぎは、ぼくがたべさせてあげるね！」

「はいはい。慌てなくても、私はここにいるわ」

矢継ぎ早にそう言い立てられて、ルシアは苦笑交じりに肩を竦《すく》めるのだった。

＊　＊　＊

オーゲン男爵家、つまりルシアの生家にギルバートが訪れた日をもって、二人は正式に婚約を交わすこととなった。

「よって、君が未来の侯爵夫人になることは決まった。そうとなれば、色々と準備をする必要がある」

よく晴れたある日のこと、いつものようにカイルと過ごしていたルシアは、子ども部屋を訪れたギルバートの言葉に目を瞬《またた》かせた。

「ええと……どんなことをすればいいんですか？　私、そういうのには疎くて」

「安心しろ、俺もだ」

重々しくうなずくギルバートに、ルシアは微妙な表情を浮かべる。

「胸を張って言うことではないと思いますけど」

「事実なのだから仕方がないだろう。それに、少なくとも君よりは理解しているぞ」

と、ギルバートはルシアの頭の上からつま先までをじろじろと見回した。

「まずは、君のためのドレスを一式揃《そろ》えるところからだ。……というか、どうしてまだメイドのお仕着せを着ているんだ、君は」

「だって、動きやすいんですもの。それに、カイルと遊ぶのなら、この方が色々と便利なんです」

苦虫を噛《か》み潰《つぶ》したような顔をするギルバートに、ルシアは平然と返した。

「それに、ルシア、とってもにあってる！」

「あら、ありがとう」

ルシアは足元でじゃれつくカイルと目を合わせ、にっこりと笑い合う。

「……俺も、確かにこういうことには疎いという自覚があるが」

ギルバートは深々とため息をついてから、ルシアをぎろりと睨《にら》みつけた。

「どこの世界に、自分の妻が毎日メイド服を着ているのを見て喜ぶ男がいる」

「まだ妻じゃありません」

ルシアは苛烈な視線をものともせず、平然とそう返す。いくら睨まれたところで、既に慣れっこだ。

「それに、服には特に興味がないので。必要最低限でかまいません」

なにしろ、自分のデビュタントのときに着たドレスも、借り物のお下がりだ。清貧生活が骨の髄にまで染み付いているせいか、物欲らしい物欲もない。

「そういうわけにはいかん！」

無関心なルシアの様子を見て、ギルバートは何故《なぜ》かひどく怒っている様子だった。

「着飾るのは義務だ！　だいたい、君がみすぼらしい格好をしていたら、俺の評判にもかかわるだろうが！　少しは筆頭侯爵家の妻となる自覚を持て！」

　一方のルシアも、ギルバートのその言い方に怒りを隠せない。

「では、公式の場ではきちんと身支度をさせていただきます。お飾りの妻が欲しいだけなのであれば、それでいいでしょう？」

「そ、そういうことではない！」

　言葉の端々に秘めたトゲを感じたのか、さっきまで憤慨していたギルバートが急に慌て始める。が、ルシアの怒りが収まることはない。

「愛だの恋だのと言っておきながら、結局のところは形式的な妻が欲しいだけだったんですね。ギルバート様には失望しました」

「ぐっ……」

　つん、と顔を背けたルシアを見て、ギルバートは言葉に詰まる。

「それに、私、今日はこれからカイルと水遊びをする約束なんです。ねー」

「ねー！」

　そばで二人のやり取りを見ていたカイルが、にこっと笑う。

「話は終わりですか？　なら、これで失礼します」

　ルシアはカイルと手を繋《つな》ぎ、その場を立ち去ろうとした。

だが、ギルバートは彼女の手をがしっと摑《つか》み、二人を引き留めた。

「まだ、なにか？」

ルシアは振り向く。が、視線の先、ギルバートは彼女の方を見てはいなかった。

彼が見つめていたのは――。

「……カイル。お前も、着飾ったルシアが見たいよな？」

急に話を振られ、カイルは深紅《しんく》の瞳をぱちくりと瞬かせる。

「きかざる……？」

「要するに、綺麗《きれい》な服を着たルシアがたくさん見たいだろう、ということだ」

「……うんっ！　ぼく、きれいなルシア、みたい！」

ギルバートが言い直すと、カイルはぱあっと目を輝かせてうなずいた。

「なら、今日は三人で外出だ。せっかくだから、お前の服も新調しようか。ルシアと揃いのブローチを買うのもいいかもしれん」

「わぁ、おそろい！　おじさま、ぜったいだよ！」

「ああ、約束しよう」

ルシアを置いてけぼりにして、ギルバートとカイルはわいわいと盛り上がっている。

「……カイルを利用するなんて、卑怯《ひきょう》ですよ」

ルシアが小さな声でそう言うと、ギルバートはふふん、と得意げに笑った。

「なんとでも言え」

ギルバートはメイドを呼び、ルシアとカイル、二人分の外出準備をするようにと命じた。

（どうしてそんなに見た目にこだわるのかしら……）

ルシアはまだ釈然としない様子だったが、やはり乗り気のメイドたちに衣装簞笥《だんす》の前へと連れていかれ、半ば強引に身なりを整えられた。

とはいえ、私服なんて皆無に等しいため、前侯爵夫人のものを借りることになる。

「未来の侯爵夫人が外出着のひとつも持っていないなんて、論外です！」

「もう少し身なりに気を遣わないと！　せっかくの若さが台無しですよ⁉」

……などというメイドたちの説教は右から左に聞き流し、ルシアは支度を終えた。

繊細なレースの縫い付けられた若草色のワンピースに、こげ茶のショートブーツ姿のルシアを目にして、玄関で待っていたギルバートが感嘆のため息をついた。

「……可憐《かれん》だ……」

「そんな、大げさな」

「きょうのルシア、すっごくかわいいー！」

ルシアが怪訝《けげん》そうな顔をしていると、カイルがぎゅうっと抱き着いてくる。

「ありがとう。カイルもとっても格好いいわよ」

ルシアは身を屈《かが》め、足元のカイルへ微笑《ほほえ》みかける。彼の外出着はといえば、フリルのブラウスにブローチが付いたベルベットのタイ、サスペンダーにハーフパンツという出で立ちだ。

「俺の褒め言葉は素直に受け取ってくれないのに、カイルならいいのか……」

にこにこと笑い合うルシアとカイルを見やり、ギルバートはどこか拗《す》ねたようにそう呟《つぶや》いた。

「旦那様、日頃の行いの差というやつではございませんか?」

三人のやり取りを見守っていた執事が、さりげなく辛辣《しんらつ》な言葉を投げかける。

「お前も言うようになったな。……まあいい、馬車が来たぞ。二人とも、乗れ」

屋敷の玄関ポーチに馬車が停まる。

二人ずつが向かい合って乗る座席に、ルシアはカイルと並んで腰を下ろした。やがてギルバートが対面に腰を下ろすと、馬車はゆっくりと走りだす。

「わあい、おでかけだ!」

「そういえば、カイルが屋敷の外に出るのは、王都に来てから初めてだな」

ギルバートの声音はしみじみとしている。

（出かけるどころか、話すらろくにできなかった叔父と甥ですものね）

ルシアが屋敷に来た頃の二人の様子を思えば、無理もない。叔父と甥の関係も、ずいぶんと改善されたものだ。もっとも、今日のきっかけも含めて、その間にはルシアがしっかりと挟まっているわけだが。

車窓から見える景色は、やがて貴族の屋敷が立ち並ぶ区画を抜け、大通りへと入る。

「おそと、たのしいね！　ねえねえ、ルシア、あれはなに？」

「あれは大道芸人ね。それからあっちは……」

王都の大通り沿いには広場があり、常に人と屋台で賑《にぎ》わっている。

カイルは見えるものを次々と指差し、歓声を上げてルシアへ尋ねた。きっと見るものすべてが珍しいのだろう。ルシアの弟妹たちも、小さな頃は似たようなものだった。

「ねえねえ、おじさま、あれ、みたい！　もっとちかくで！」

「玉乗りの芸人か？　今日はだめだ。ルシアのドレスを買いに行く途中なんだぞ」

渋るギルバートの足を、ルシアは軽くつま先でつつく。

「寄ってあげたっていいでしょう。せっかくカイルが見たいって言ってるのに」

「だが……」

「ドレスは逃げません。まずはカイルのお願いを叶《かな》えてあげる方が先です」

ルシアはギルバートの瞳をじっと見つめた。

「私たちは、この子の親になるんですよ。なら、どうすればいいのかわかりますよね？」

「……そうだな。おい、馬車を広場へ。少し見て回ってくる」

ギルバートが御者にそう命じるのを聞き、カイルは目を輝かせた。

「おじさま、ありがとう！」

「おっと、抱き着くのは後だ。走る馬車の中で動くと危ないからな」

はしゃぐカイルを制するギルバートの顔には、温かな笑みが浮かんでいる。

それを見て、微笑ましい気持ちになっていたルシアだったが――。

「それと、だ。ルシア。君の言うことを聞いたのだから、後で俺の言うことも聞いてもらうからな」

「……はい？　どうしてそういう話になるんですか」

「どうしてもこうしてもない。俺が譲歩したのだから、君も譲歩しろ。……ほら、馬車を降りるぞ」

「ルシア、いこ！」

馬車が広場に着いたことで、それ以上の追求を断念せざるを得ないルシアなのだった。

＊＊＊

大道芸人に、色とりどりの水あめを売る露店、的当《まとあ》て……。

アランデル王都の広場は、常にたくさんの人と物で溢《あふ》れている。

この国は、大陸の西と東を結ぶ交易の要だ。そのため、多様な文化を取り入れた流行が花開く最先端であると共に、常に東西の国境問題に晒《さら》され続けているとも言える。

「絶対に俺の手を放すなよ、カイル。お前は侯爵家の跡取りだ。どこにどんな危険が待っているかわからん」

「う、うん」

広場の入り口で、ギルバートの手をぎゅうっと握ったカイルは、ひどく緊張した面持ちをしていた。

「もしかして、こういう場所は初めて？」

ルシアが尋ねると、カイルは小さく首を振る。

「うーんと、おやしきのちかくのおまつりには、いったことあるよ」

「たぶん領地の収穫祭のことだな。あれも賑やかだが、ここまでじゃない」

カイルの言葉を、ギルバートが補足する。

「実を言うと、俺も仕事以外で広場に立ち入るのは初めてだ。こうも人が多いと、どこをどう見回ればいいのか、見当もつかん」

「つまり、どっちも初心者ということですね。なら、ここで待っていてもらえますか？」

ルシアは二人へそう言うなり、勝手知ったる様子で広場の中へ入っていく。

「お、おい！　危ないぞ……！」

「大丈夫、すぐに戻りますから！」

振り返りざま、ギルバートへウインクひとつ。ルシアは人混みの中をするすると潜《くぐ》り抜けるように奥へ、奥へと進んでいった。

やがて、二人のところに戻ってきたとき、その両手には紙の包みが握られている。

「ルシア……！　まったく、心配したぞ！」

帰ってきたルシアに、ギルバートはたいそう怒った様子だった。

「はいはい。未来の侯爵夫人が危険な真似《まね》をするんじゃない、ってところですか？」

ルシアは肩を竦め、ギルバートの怒りを受け流す。

「でも、おあいにくさま。この広場のことは、ギルバート様よりも私の方がよく知っていますから」

ギルバートにはかまわず、ルシアは彼と手を繋ぐカイルの前へと屈み込み、手にしていた包みを差し出した。

「はい。カイル、これをあげる」

「これ、なあに？」

「とってもおいしいパイ菓子よ。食べてみて」

カイルがおそるおそる袋を開くと、砂糖とバターの匂いがふわりと香る。

「い、いただきます……」

お菓子を一口食べた途端、カイルの顔が、みるみるうちに明るくなるのがわかった。

「ルシア、これ、とってもおいしい！」

「そう、よかった。それじゃ、食べながら見て回りましょうか」

「うんっ！」

元気よくうなずいたカイルの顔に、先ほどまでの強い緊張はない。

（お菓子作戦、とりあえずは成功ね）

せっかく初めての場所に来たのだから、楽しい思い出だけを持って帰ってほしい。そう考えてのルシアの行動だった。

が、ギルバートは不服そうに二人のやり取りを見つめている。

「……なにか？」

あとあと面倒なことになりそうだったので、ルシアは一応尋ねておくことにした。

「得体の知れないものを食べさせて、カイルが腹を壊したらどうするつもりなんだ」

「そのことなら、ご心配なく。毒味というわけではないですけど、私も同じものを食べますから」

ルシアはもう片方の手に持っていた同じ包みを開け、ぱくりと食べる。

「お、おい！」

「それに、味なら保障しますよ。私が前に手伝っていた店のお菓子ですから」

「……そうなのか？」

「マーサおばさんのパルミエは絶品なんです。ほら、早く見て回らないと、カイルの見たがっていた芸人がいなくなってしまうかもしれませんよ。行きましょう」

ルシアはギルバートの手を取ると、ゆったりと広場を歩き始めた。

しばしの間、複雑そうな顔をしていたギルバートだったが、

「悪くないな、こういうのも」

両隣を歩くルシアとカイルを交互に見つめ、不意にそう呟く。

「な、なんですか、いきなり」

「いや、平和だな、と思ったんだ。思えば、こんな風にゆったりとした時間を過ごすのは、

いつ以来かもわからん。ここのところ……いや、それ以前から、ずっと慌ただしい日々を送るばかりだったからな」

筆頭侯爵家に生まれ、王立軍に従事し、数奇な因果で当主の座を継ぐこととなった。

ギルバートの人生の中にどれほどの困難があったのか、ルシアには想像すらできない。

ただ、彼の言葉の端々から、今という瞬間を心地よく感じていることはわかる。

「……ギルバート様。あーん、してください」

「うん？　こうか？」

言われるがままに口を開けたギルバートへ、ルシアは食べかけのパルミエを差し出した。

「一口、あげます。今日は特別です」

「あ、ああ。……正直、甘いものはほとんど食べないんだが」

「余計なことを言うとあげません」

「待ってくれ。食べる、食べるから」

ギルバートはほんの少し身を屈め、ルシアが持っていたパルミエを食べた。

「おじさま、おいしい？」

その様子を見ていたカイルが、にこにこ笑ってそう尋ねる。

ギルバートはしばらく菓子を咀嚼していたが、やがてごくんと飲み込んで。

「……ああ、とても。幸せの味というのは、こういうものなのかもしれんな」

「もう、大げさなんだから」

あまりにも深く感じ入るような言葉だったものだから、ルシアはつい、くすくすと笑ってしまったのだった。

＊＊＊

広場を散策した後、ルシアたちは貴族御用達の店が数多く並ぶ通りへと向かった。

馬車が停まったのは、立ち並ぶ店の中でも、ひときわ目を惹《ひ》く優美な建物の前だった。

おそらく、貴族御用達の高級ブティックだろう。ガラス張りの窓の向こうには、きらびやかなドレスを着たトルソーがいくつも飾られている。

ルシアが気後れしていると、ギルバートはさっさと中に入ってしまった。

「これはこれは、ファルコ侯爵。本日はようこそお越しくださりました」

ルシアも慌てて扉をくぐる。すると、すぐに身なりのよい男性が出迎えてくれた。どうやらこの店の支配人のようだ。

「モルガーナ様からお話は伺っております。なんでも、ご婚約者様のドレスをお探しになっているとか」

「ああ。私的なものから公的なものまで、不足のないよう一式揃えたい。それと、すぐに持ち帰れるよう、既製品もいくつか見繕いたいのだが」

「かしこまりました。すぐにご用意いたします」

深々とお辞儀する支配人を前に、ルシアはさりげなくギルバートを肘でつついた。

「ちょっと、どうしてここでモルガーナ様の名前が出てくるんですか」

「どうしてもなにも、ここはラファーガ伯爵家と縁のある店だからな」

小声で尋ねたルシアに、ギルバートはさも当然とばかりに答えた。ラファーガ伯爵家は紡績工場を主な税収としているため、その繋がりだろう。

「モルガーナ嬢と約束していてな。舞踏会で世話になった礼に、君の服はすべて、この店で揃えると。女性の服には詳しくないから、俺にとっても好都合だった」

「こ、ここで……？」

ルシアが目を白黒させたのには理由がある。こんなにきらびやかな店に足を踏み入れたのは、生まれて初めてだったのだ。

淡いクリーム色を基調とした内装は、上品で優美……そして、豪華としか言いようがない。柱には精緻《せいち》な細工が施され、天井からはクリスタルガラスのシャンデリアがいくつも吊《つ》り下がっている。

生まれたときから高位貴族として生きているギルバートは平然とした顔をしているが、あいにく、ルシアはほぼ平民の生まれ育ちだ。場違い、という気持ちが先行してしまうのは仕方がないだろう。

「あの、私、急にお腹が痛くなって……」

「ルシア、さっきカイルを広場に連れていくときに言ったな。あとで俺の願いも聞いてもらう、と。……今がそのときだ」

少しずつ後退しようとしたルシアの腕を、ギルバートがはっしと摑む。

「なに、こういうものは慣れだ。義姉上《あねうえ》も最初は大変だったと聞いたことがある。侯爵夫人として、避《さ》けて通れない試練だと思って頑張ってくれ」

「で、でも」

ルシアがまごついていると、奥から女性の店員が数人現れる。

「お支度ができました。どうぞこちらへ」

「ルシア、がんばれー！」

カイルの声援を受けながら、ルシアは店員たちに導かれるまま、半ば強引に試着部屋へと連れていかれることになった。

「まあ、豊かな胸をしていらっしゃいますのね。普段は締めておられますの？　なんてもったいない……」

「う、動くのに邪魔なので」

「いけませんわ！　もっと強調して差し上げた方が、侯爵閣下もお喜びになります！」

「ええ、そのとおりです！」

あっという間に服を脱がされたと思えば、巻き尺を持った女性たちに取り囲まれ、採寸が始まる。華美な内装と同じくらい美しい店員ばかりなのに、その迫力は、下町の商店を切り盛りする店主もかくやの勢いだ。

ルシアがまごまごしている間に手早く採寸を終えた店員たちは、奥から次々と既製品の服や小物を運んでくる。

「素敵《すてき》な金の髪ですわね。でしたらこちらの色が……」

「いいえ、青い瞳を活かすのでしたら、こっちですわ」

店員たちはああでもないこうでもない、と言い合いながら、ルシアに次々と服を着せては脱がし、髪を結ってはほどいていった。

「あ、あの、私、あんまり派手なデザインは……」

大ぶりなフリルの付いたブラウスを着せられ、ルシアが悲鳴を上げる。

だが、店員たちはキッと目を吊り上げて。

「なにをおっしゃいます！　これでも地味なくらいです！」

「ええ、そうですとも！」

口々に反論され、ルシアは黙り込むしかない。

（き、着せ替え人形の気持ちがわかったかも……）

やがて、解放されたルシアは試着部屋に置かれていた椅子《いす》に疲れ切った様子で座り込む。

その服装は、金糸で編まれたレースがふんだんに使われた、純白のワンピース。怒涛《どとう》の着せ替えの末、店員たちが全員で「似合う！」と口を揃えたものだった。

金の髪は丁寧に編み込まれているし、耳には瞳と同じ青い色のサファイアがあしらわれたイヤリングを付けている。すぐそばに置かれた姿見の中に映る自分は、まるで別人だ。

「では、お連れ様をお呼びしますね」

「待って、まだ元の服に着替えてな……」

「本日はこのままお帰りになると、侯爵閣下からお話がありませんでしたか？」

（はい⁉　聞いてないんですけど……！）

ルシアが混乱しているうちに、ギルバートとカイルがやってくる。

「わあ……ルシア、きれい！　すごく、すごくきれい！」

着替えたルシアの姿を見た途端、カイルは頬を紅潮させ、興奮した様子でまくし立てた。

「あ、ありがとう……」

その喜びように、さっきまでの困惑はどこかに行ってしまう。ルシアは戸惑いながら、ちらりとギルバートへ視線を移した。

――と、目が合った。それはもう、ばっちりと。

ギルバートはどこか放心したように、ルシアをじっと見つめていた。

「……あ、あの、ギルバート様？」

おそるおそる声をかけると、ギルバートは心ここにあらずといった様子のまま、ぽつりと呟く。

「……美しい」

「その……ありがとう、ございます」

ギルバートが自分に見惚《みと》れている。その状況が、ひどくくすぐったくて――けれど、嬉しい。胸にじわじわと湧き上がる喜びに、ルシアは自分でも戸惑いを隠せなかった。

恋というものは、人を好きになるということは、こんなにも色とりどりの感情を与えてくれるものなのだ。今まで、ルシアは知らなかった。

（……服なんて興味ない、って、ずっと思ってたけど。ギルバート様のためなら、お洒落《しゃれ》

してみてもいいかも）

以前なら、思いもしなかった考えが、自然と浮かぶ。でも、そんな自分の変化も、嫌だとは思わない。むしろ、心地がよかった。

人生が輝き始めた。そんな風に言い表すのは、少し大げさだろうか？

もじもじと見つめ合うルシアとギルバートを見つめ、支配人は温かな微笑みを浮かべた。

「では、お持ち帰りの服は今日中に屋敷に送らせます。よろしければ、ご婚礼の際もご用命いただければ幸いに存じます」

すると、ギルバートは重々しくうなずき、

「……ああ、必ず」

ひどく感じ入った様子で、そう答えたのだった。

＊　＊　＊

ブティックからの帰りの馬車の中は、行きとは打って変わって静かだった。

外出にはしゃいだカイルは眠ってしまい、向かい合うルシアとギルバートは、どこかぎこちなく視線を絡ませては外し、ということを繰り返している。

気まずい。けれど、嫌な感覚ではない。

――気恥ずかしい、とでもいうのだろうか。

ギルバートが、ルシアを想ってくれているのが、痛いほどに伝わってくる。視線も、言葉も、吐息も。彼の行動、仕草《しぐさ》のすべてが肌に刺さる気がして、鼓動はどんどん速くなる。

だからこそ、ルシアはギルバートとなにを話せばいいのかわからなくなってしまって、戸惑っていた。

（わ、私ったら、ギルバート様とはもう、体を重ねたことだってあるのに裸を見られて、あられもない姿を晒すこと以上に、着飾った姿を見られることが恥ずかしいなんて、想像もしていなかった。

「……やはり、店の者に任せて正解だった」

やがて、ギルバートがぽつりと呟く。その視線はルシアから外されたままだが、耳たぶが真っ赤だ。

「べ、別にメイド服が嫌だというわけではないぞ。ただ、俺は……」

「言わなくていいです。わかってますから」

ルシアはつっけんどんな口調で制した。それ以上を言葉にされると、心臓が破裂しそうだったのだ。

「いや、誤解を招かないためにも、こういうことはきちんと言葉にしておくべきだろう」

「だから、わかってるから大丈夫ですってば！」

「だが、君は俺のなにをわかっているというんだ」

顔やら耳たぶやらを赤らめた二人が、ケンカ腰に言い争っていると、不意にカイルがむにゃむにゃと声を上げた。

「すまない、起こしてしまったか」

「……おしっこ、いきたい」

優しく声をかけたギルバートに、カイルは眠たげに目を擦《こす》り、ぽつりとそう言った。

「お、お手洗いか⁉　だが、まだ屋敷には着かないぞ。少しだけ、我慢して……」

「だめ、むり、もれちゃう」

「た、大変！　ギルバート様、すぐに馬車を止めてください！」

「いや、しかし……」

今にも泣きそうなカイルと、弱り果てたギルバートを尻目に、ルシアは油断なく車窓の外へと目を配った。

（今走ってるのは大通りのあのへん……ってことは）

ギルバートの肩を摑んで大きな体をどけると、ルシアは御者席へ身を乗り出すようにして声を張り上げた。

「二つ先の角を曲がって、すぐのところで停まってください！」

「わ、わかりました！」

「おい、勝手に……」

「ギルバート様は黙っていてください！」

ルシアはギルバートをきつく睨んでその口を封じると、馬車が停まるなりカイルを抱いて外へ飛び出した。当然、ギルバートも慌てて後を追ってくる。

「待て、ルシア！　いったいどこに……」

「マーサおばさん、お手洗い貸して！」

ルシアが飛び込んだのは、すぐ近くにあった小さな菓子店だった。

カウンターの向こうに座っていた中年の女性は、突然のことに口をあんぐりと開ける。

「ルシア⁉　あんた、さっき広場で会ったばかりだろう！　それになんだい、その格好は。まるで別人じゃないか！」

「話はあと！　緊急事態！」

ルシアは女性の横をすり抜けるようにして、店の奥へと向かった。

そして、しばらくして――。

「まったく、慌ただしいったらありゃしない！」

機転を利かせて事なきを得たルシアは、喜びと怒りの入り混じったような口調で説教を受けることとなった。

「だから、ごめんってば。色々と黙ってて」

「あんたの妹たちから結婚が決まったとだけは聞いてたけどね、まさかこんなに愛らしい男の子を育ててるとは思わないだろう⁉　あたしはあんたの第二の母親だと思ってたのに、水くさいねえ！」

「……ルシア、こちらの女性は？　マーサと呼んでいたが、先ほどのパルミエの？」

「そうです。さっきは広場で屋台を出してて、こっちは自宅兼お店」

ギルバートの問いに、ルシアはうなずく。一言、名前を出しただけだったが、覚えていてくれたのなら話が早い。

「ファルコ侯爵家当主、ギルバートと申します。急な頼みにもかかわらず助けていただけて、感謝いたします」

真剣な様子で感謝を述べるギルバートに、マーサは顔を青くした。

「こここ、侯爵様⁉　ルシア、あんた、いったい……！」

「今度詳しく説明するから！　ね⁉」

色々と話がややこしくなりそうな気配を察知して、ルシアはきつくそう言い含める。

「ほら、カイル。そろそろ帰りましょう」

騒ぎの発端のカイルはといえば――。

「ねこさん、かわいいねえ」

店の奥からのっそりと姿を現したマーサの飼い猫と、楽しそうにたわむれていた。

さっきまで戦場のような切羽詰まりようだったというのに、なんとも平和な光景だ。

「……子どもと出かけるというのは、こんなにも慌ただしいものなのか？」

ぐったりとした様子で尋ねたギルバートに、ルシアは苦笑を浮かべる。

「ええ、そういうものです。大丈夫ですよ。これから、少しずつ慣れていきますから」

「だといいが。なんだか、急に自信がなくなってきた」

「私がいますから、大丈夫です」

ルシアの言葉に、ギルバートはふ、と表情を緩める。

「……それは、なんとも頼もしいな」

微笑み合う二人の様子に、マーサは「若いって、いいわねえ……」としたり顔で呟くのだった。

──だが。

その平和は、すぐに脆《もろ》くも崩れ去ることとなる。

「カイル、ほら、帰るわよ。猫さんも疲れちゃったって」

飼い猫が店の外へ出ていったのを契機に、ルシアたちはマーサの店を辞することとなった。というか、カイルが猫から離れない中、ようやく店を出るきっかけを摑めた……と言った方が正しい。

「ねこさんに、さいごのバイバイしていい？」

路地裏に消えていく猫を寂しげに見つめながら、カイルはルシアへそう尋ねた。

「ええ、もちろん」

カイルのために、侯爵家で猫を飼うのもいいかもしれない。そんなことを考えながら、ルシアは優しく微笑んだ。

少し離れたところでは、ギルバートが改めて、マーサにお礼を言っている。

「ルシア、カイル、そろそろ行くぞ」

ひととおりの挨拶《あいさつ》を終え、ギルバートが戻ってきた。

「はい。ほら、カイル、馬車に乗りましょう。……って、あれ？」

カイルがいない。ついさっきまで、ルシアの隣にいたのに。

「カイル？　……カイル⁉」

「まさか、いないのか」

「そんなはず……もしかして、猫を追いかけて？」

ルシアは慌ててあたりを見回した。空は暮れ始め、街灯の光が届かない路地裏は薄暗い。

そこにカイルが隠れているのではないかと思ったのだ。

細い分かれ道を覗《のぞ》き込みもした。マーサの店に戻り、カイルがいないかも確かめた。

だが。カイルは、とうとう見つからなかった。

＊　＊　＊

夜半を過ぎても、カイルの行方はようとして知れなかった。

カイルはファルコ侯爵家のれっきとした跡取りである。となれば、行方不明ではなく、営利誘拐である可能性も否《いな》めない。

そのため、捜索はまだ、ファルコ侯爵家の内々のみで行われていた。

「あの、どうか私も、カイルの捜索に加えてください」

寝室に戻ってきたギルバートが無言のまま項垂《うなだ》れているのを目にしたルシアは、何度目かもわからない懇願を口にした。

「許可できない。何度言われても、答えを変えるつもりはない」

「でも」

なおも言い募るルシアへ、ギルバートは重々しいため息をついた。

「カイルに続いて、君まで危険に晒されたらどうするつもりだ。エルンスト殿から聞いているぞ。前に一度、不審者に襲われたことがあったのだろう？」

「それは……」

不意に脳裏をよぎった記憶に、ルシアは言葉を失った。

（私だって、あのとき父様が通りかからなかったら、今頃どうなっていたかわからない）

だが、同時にこうも思うのだ。

父は娘を助けてくれたのに、自分はカイルを助けられなかった、と。

「……ごめんなさい、私のせいで」

寝台に座り込み、ルシアは涙ぐんだ。

猫に挨拶をすると言ったカイルを、どうしてきちんと見ていてやらなかったのか。

（私、カイルのお母さんになるって、約束したのに）

後悔だけが胸に刺さり、ルシアの心を苛《さいな》む。

(でも、私が泣くわけにはいかない。今、一番怖い思いをしているのはカイルよ)

ルシアをかろうじて支えているのは、その考えだった。

「君のせいではない。何度も言っているが、目を離したのは俺も同じだ」

ギルバートはルシアの隣に腰かけ、不意にその肩を抱き寄せる。

「迂闊《うかつ》だった。子どもがあんな風に、突然いなくなるものだとは知らなかったんだ。君よりも、ずっと考えが甘かったよ。守り抜く、なんてずっと息巻いていたにもかかわらず、なにひとつ理解も、学びもしていなかった」

「そんな……そんな風におっしゃらないでください！」

ルシアは何度も首を横に振る。その拍子に、涙が瞳からこぼれ落ちた。

(ギルバート様がどれほどカイルを大切にしているのか、私が一番わかってる)

なのに、今はただ、彼を苦しめるばかりで、ルシアにはそのことがひどくつらい。

頬を伝う雫《しずく》を、ギルバートの指先がそっと拭《ぬぐ》う。

「なら、君も自分を責めないでくれ。俺は俺なりに最善を尽くす。……君も、どうか自分を大切にしてほしい」

肩を抱くギルバートの手に、かすかに力が籠《こ》もるのがわかった。

「カイルがいなくなってから、ほとんど食事を取っていないと聞いている。その調子では、あの子が見つかる前に、君が倒れてしまう。食事と睡眠は……」

「健康の基本だ、ですっけ。そんな話をしたのも、なんだか懐かしく感じます」

ルシアは弱々しい苦笑を浮かべ、傍《かたわ》らのギルバートを見上げた。

「ああ、そうだな。あの頃の俺はひどく傲慢《ごうまん》で、なにひとつ余裕がなかった。今も、かもしれないが」

だが、と。ギルバートはルシアを抱き寄せる。カイルが消えてからの、ほんの少しの間で、弱々しく、細くなってしまったその体を。

「今の俺は、カイルのことも、君のことも、どちらも等しく、比べられないほどに愛している。どうか、それだけは心に留めておいてくれ。これ以上、君が自分のことを責めないで済むように」

「……はい」

ギルバートの優しい言葉と、その温もりを受け止めるように、ルシアは目を閉じる。

すると、そのとき。廊下から、慌ただしい足音が響いた。

二人ははっと顔を見合わせ、居住まいを正す。同時に、寝室の扉が勢いよく叩《たた》かれた。

「旦那様、至急お伝えしたいことが！」

「すぐに行く」

ギルバートは緊張した面持ちで立ち上がると、不安げな顔をしたルシアへと振り返る。

「先に寝ていてくれ。君は、君の体を大切にすることだけを考えるんだ。いいな」

「……はい」

ルシアがうなずいたのを確認し、ギルバートは部屋を出ていった。

(カイル、カイル。もしあなたが無事に戻ってきてくれるなら、私はなんだってする。命を引き換えにしたってかまわない。だから)

ルシアはぎゅっと両手を祈りの形に握りしめる。

どうか、無事でいて――と。


事態が動いたことを知らされたのは、その翌朝のことだった。

「……ルシア、嫌な知らせがある」

ルシアが朝食を終えるのを待ち、ギルバートは彼女を執務室へと呼び出した。

ひどく沈んだ声音を耳にした瞬間、ルシアの心臓がぎゅうっと摑まれたように痛くなる。

「まさか、カイルについて、なにかわかったのですか」

「ああ。今回の件は、営利誘拐であることが確実になった。昨晩、犯人から、要求を知らせる手紙が届いたんだ」

「なんてこと……」

ルシアは真っ青な顔で言葉を失った。

「安心できることがあるとすれば、あの子がまだ生きているということだ。……だが、状況は芳しいとは言えない。犯人の要求を聞く限りでは、な」

「なにが目的で、あんな小さな子を連れ去ったというんですか」

金か、それとも別のなにか、か。

筆頭侯爵家であるファルコ侯爵家は、地位も財も有り余るほどに有している。求められたのが途方もない大金だとしても、カイルの命に比べれば安いものだ。

「……説明の前に、確認しておくことがある。ルシアは、テュール王国を知っているか」

「え、ええ。東の隣国でしょう。でも、それとこれと、なんの関係が」

「テュール王国との国境を監視する砦《とりで》は、俺が長らく派遣されていた場所だ」

ルシアははっと目を見開く。

「では、カイルが誘拐されたのは……いえ、申し訳ございません」

これではまるで、ギルバートが原因だと責めているようではないか。

弱々しく目を伏せたルシアに、しかし、彼は自嘲《じちょう》するように口の端を上げた。

「俺のせいで片付けられれば、簡単だったんだがな」

深々とため息をつくと、ギルバートは机の上から一枚、小さな地図を拾い上げた。

「おそらくこれは、あの子の両親……つまり、俺の兄夫婦が亡くなった事故にもかかわる問題だ」

「どういうことですか」

ルシアはわけもわからないまま、彼から差し出された地図を受け取る。

「我がファルコ侯爵家は、テュール王国に面する土地を、国王陛下から与えられる予定になっていた」

二代前のアランデル国王が和平条約を結ぶまで、二国間では、長らく国境付近での争いが続いていた。ひとまずの和平が成った後も、緊張状態のまま、今に至っている。

そこで現在の国王であるクロードは、二国の関係改善を図るため、ギルバートの兄である前侯爵を外交の要として、長らく調整を続けていたのだそうだ。

「人柄や人徳といった点では、兄に勝るものはいなかった。これは単なる偶然だが、俺が国境で勤務していたことも功を奏したのだろう」

かくして、ファルコ侯爵家には、アランデル王国とテュール王国を繋ぐ窓口としての役目が期待されていたのだが――。

「犯人の要求は、王家から下賜される予定の国境の領地を辞退しろ、というものだった。つまり、これまで兄と俺が積み重ねてきた、かの国との友好関係、ひいては国王陛下から賜った使命の放棄だ」

「誰が、そんなことを」

絞り出すように口にしたルシアへ、ギルバートは首を振る。

「今はまだ言えない。ただ、我がファルコ侯爵家に権力が集中するのをよく思わない輩《やから》は、この国には星の数ほど存在する。……それに」

ギルバートはそこで言葉を切ると、苦々しい面持ちで再び口を開いた。

「カイルの両親、つまり兄夫婦も、それが原因で暗殺された可能性が高い」

「……っ！」

ルシアは言葉を失い、よろめくようにして応接用の長椅子《ながいす》へ腰を下ろした。

「すまない。君を驚かせるつもりはなかった」

ギルバートはルシアの前にひざまずくと、気遣わしげな眼差《まなざ》しでその顔を覗き込む。

「だが、こんなことになった以上、どうしたって話さないわけにはいかない」

「なら、せめてもっと早くに教えてくださされば」

「あくまで可能性だ。断定できるだけの証拠が見つからないままなのでな」

前侯爵夫妻の死因は、城に仕える調査官により、事故であると断定された。

だが、もしもこれがギルバートの考えるとおり、暗殺事件であったとしたら？

「……犯人は、筆頭侯爵家にまつわる調査内容を改ざんできる地位の相手だ。俺が下手に私情で動けば、国政が揺らぐ」

そして、国政が揺らげば、テュール王国との関係改善も、水泡に帰すかもしれない。

「それだけは避《さ》けたいんだ。亡くなった兄夫妻のためにも」

「でも、カイルはその方たちが遺《のこ》した、たったひとりの宝物なんですよ？」

「ああ、わかっている」

「わかっていません！　なんにも……ギルバート様は、ただわかったふりをなさっているだけです！」

ルシアは感情のままに声を荒らげる。気付けば、その双眸《そうぼう》からは大粒の涙がこぼれていた。

「国のために、あんな幼い子が危ない目に遭っていいはずがない。子どもを守るのは、親の務めです。ギルバート様は、カイルと立場、どちらが大事だっていうんですか！」

「……」

ギルバートから、返事はなかった。

ルシアははっとした。彼は返事をしないのではない。できないのだ。

「ご、ごめんなさい、ギルバート様。私、ひどいことを……」

カイルと国を秤《はかり》にかけて苦しんでいるのは、ギルバートも同じ――それどころか、国政にかかわる身分である以上、ルシアとは比べ物にならないほどの苦しみを味わっているはずだ。

（なのに、私、感情のままに怒りをぶつけて）

侯爵家の妻として、彼を支えると決めたのに、真逆の行いをしている。

「……すまない。俺は、どうにも不器用で、君を傷つけてばかりだな」

ようやく口を開いたギルバートは、力ない微笑みを浮かべていた。

「君の問いに、俺は答えるすべを持たない。どちらも、俺が守ると誓ったものだ」

「いいえ、私が悪いんです。あなたを苦しめるつもりなんてなかったのに」

ルシアは涙を流しながら、幾度も首を横に振る。

すると、ギルバートはおもむろに目元を和らげ、ルシアの額にそっと口づけた。

「俺は、こんなにも無力だ。だが……だからこそ、君だけは守りたい」

ルシアの細い体を、ギルバートが優しく抱きしめる。

「以前、君を襲った不審者も同じ目的の輩だろう。ルシア、君の身になにかがあったら、俺は今度こそ正気のままではいられなくなる。だから、ここにいてくれ。もっとも安全な屋敷の中で、俺の帰りを待っていてくれ。カイルのことは、俺が必ずどうにかする」

「でも」

ルシアはそこで言葉を失う。

ただ守られるだけなんて嫌だ。けれど今、ルシアにできることはなにもない。

(カイルが怖がって、助けを求めているのに)

心の奥から湧き上がる無力さに、ルシアが打ちひしがれそうになった、そのとき。

不意に執務室の扉が叩かれ、ルシアとギルバートは抱き合ったまま、緊張に身を固くした。まさか、カイルの件でなにかあったのだろうか。

「旦那様、お客様がいらっしゃっています」

だが、扉の向こうから聞こえてきた執事の声は、どこか困惑気味だ。

「こんなときに、いったいどこの誰だ」

「それが……オーゲン男爵、ルシア様のお父君がおいでなのです」

「父様が?」

思いがけない来訪者に、ルシアはギルバートと顔を見合わせるのだった。

＊＊＊

ルシアがギルバートと共に応接間へ向かうと、そこには悠々と紅茶を飲むエルンストの姿があった。

「やあ、先日以来だね、ルシア。それにファルコ侯爵閣下も、ご機嫌麗《うるわ》しく」

「ギルバートで結構です、義父上《ちちうえ》」

穏やかな口調でそう言うと、ギルバートはエルンストの向かいに置かれた長椅子へ腰を下ろす。ルシアも、その隣に腰かけた。

「それで、本日はどのようなご用件でしょうか。実は今、色々と忙しくて。あまりお時間を割けないのです」

「ああ、わかっているとも。そのことで、役に立てることはないかと思って、こうして足を運ばせてもらったよ」

エルンストは妙に納得した様子でうなずくと、自らの懐から布の包みを取り出した。

「なっ……！」

開かれた包みを見て、ギルバートは瞠目《どうもく》した。

「父様、どこでこれを」

ルシアの声が震えるのも無理はない。エルンストが二人に見せたのは、カイルがいつも大切に身に着けている、両親の肖像画が入ったロケットペンダントだったのだ。

「うーん、どこから話せばいいのか……。最近、ちょっとした小遣い稼ぎをしていてね」

エルンストは困ったように微笑むと、事の次第を説明してくれた。

ルシアがファルコ侯爵家へ奉公に出た後、エルンストは生活費と自らの書籍代を稼ぐべく、臨時の雇われ仕事を増やしたのだそうだ。

(父様ったら、きっとまた欲しい本があったのね)

……と、思ったルシアだったが、口には出さない。

「で、その奉公先では書類の整理をしていたんだけど、最近どうにもきな臭くてねえ。雇い主の屋敷にはがらの悪い男が出入りしているし、屋敷の離れに少しでも近付こうものなら、警備の兵士がすっ飛んでくるしで」

終業の時間が少し遅れるだけでも、家令や門番に睨まれるありさま。

エルンストは奇妙に思いながらも、おとなしく仕事を続けていたのだが――。

「昨日、仕事に熱中していたら、帰りが遅くなってしまってね。屋敷の使用人に見つからないよう、裏口からこっそり帰ろうとしたら……子どもの泣き声が聞こえた」

「まさか」

ギルバートはロケットペンダントを握りしめ、エルンストを凝視する。

「泣き声はすぐにやんでしまった。けど、裏口のそばにこれが落ちていた。中を開けてみたら、見たことのある顔が描かれているじゃないか。それで、君たちが困っているのではないかと思ったんだ」

「父様、その、臨時の勤め先だっていう屋敷はどこなの？」

ルシアは必死に身を乗り出し、エルンストに詰め寄る。

「うーん、それが、あまり大っぴらに口に出すわけにはいかないというか……」

「もったいぶらないで！　カイルの命がかかってるのよ⁉」

「と、言われても」

エルンストは困った顔で腕組みをして、うーん、と唸《うな》る。

「今すぐにここを飛び出していかないと約束できるかい、ルシア」

「私のことをなんだと思ってるのよ、父様」

「お前は色々と前科があるからねえ……。ベルが近所の悪童に泣かされたときも、今すぐ懲らしめてやる！　って、頭に血を上らせていたじゃないか。今まではそれでよかったかもしれないが、未来の侯爵夫人となれば、多少の分別は必要なものだよ」

「そ、その話は、今はどうだっていいでしょ！」

ルシアはかっと頰を染めた。父が話す出来事が、つい最近のものだったためだ。

「それで、カイルを誘拐したのはいったい、どこの誰なの⁉」

ルシアの剣幕に、エルンストは深々とため息をつく。

「……ヴォルテール公爵。つまり、先王陛下の弟君《おとうとぎみ》だ。現在の国王であるクロード陛下の叔父上にあたる人物だよ」

「そうではないかとは、薄々思っていたが」

ギルバートは沈痛の面持ちを浮かべ、長椅子の背に身を預けた。

「これでは、手の出しようがない。相手は王家に連なる血族。我がファルコ侯爵家よりもはるかに位の高い相手だ」

「ギルバート様……？　まさか、カイルを取り戻すのを、あきらめるおつもりですか」

「そうは言っていない。だが、現状、有効な手段が相手の要求を吞《の》むほかにないだけだ。だが、俺はそれだけはなんとしても避けたいと思っている」

「国王陛下にご相談できませんか。ギルバート様と陛下は、仲がよろしいのでしょう？」

ルシアは必死に言い募る。今すぐにでも屋敷を飛び出し、相手の元に乗り込みたい気持ちを必死に抑えるかのように。

「クロード陛下にご相談したところで、解決のために直接動いてくださることはない。公爵閣下はいまだ、国内で多大な影響力を持つ方。下手に刺激すれば、現王政への反発をも生みかねない」

「なら、どうするつもりなんですか！」

「……」

ギルバートは無言のまま、眉間にぎゅっと皺を寄せた。その表情には、彼が感じている苦しみのすべてが現れているかのようだ。

ルシアも悔しげに唇を噛《か》み締め、怒りとやるせなさを必死にこらえる。

(せっかくカイルが見つかったのに、八方塞がりだなんて)

だが――そのとき。

「ギルバート様、ルシアを少しだけ、僕に貸してはいただけませんか？」

エルンストはどこか飄々《ひょうひょう》とした口調で、おもむろにそう申し出たのだった。

＊　＊　＊

エルンストがファルコ侯爵家を訪れた、その二日後――。

ルシアは父と共に、件《くだん》のヴォルテール公爵家へと向かっていた。

その服装は、いつものメイド服でも、ましてや私服のワンピース姿でもない。

「うんうん、うちの子はなにを着てもよく似合うねえ」

エルンストはルシアの全身を眺《なが》め回すと、どこか楽しげにうなずく。

今日のルシアは男装をしていた。エルンストの同行者として公爵家に潜入するためだ。

長い髪をまとめてキャスケット帽の中に隠し、弟から借りたシャツとサスペンダー付きのパンツを穿《は》いて、ルシアは緊張した面持ちで横に立つ父を見上げる。

「それで、カイルの居場所は本当にわかったの」

「ああ、父さんに任せなさい。そのために二日も時間を貰《もら》ったわけだからね」

表立って手出しできないヴォルテール公爵家から、攫《さら》われたカイルを助け出す。

そのためにエルンストが提案した作戦は、親子で協力し、秘密裏にカイルを連れ出すというものだった。

「これでも父さんは城務めだからね。兵士や使用人にどう取り入ればいいのか、多少は心得があるつもりだよ」

「なら、もう少し稼げる地位に出世してほしかったわ……」

「それはごめんだ。だって、本を読む時間が減るじゃないか」

などと、どこか呑気《のんき》な会話を繰り広げる親子だったが、屋敷が近付くうちに、自然と口数が少なくなっていく。

「おい、書記。その小僧は」

屋敷の前まで来ると、門番が二人へ誰何《すいか》の声を上げた。

「はい、僕の息子です。最近どうにも整理する書類が多くて手が回らず手伝いにと連れてきました。執事殿には許可をいただいているはずなんですが」

ルシアはなるべく緊張を顔に出さないよう努めながら、相手の返答を待つ。

なにしろ、エルンストの言葉は嘘なのだ。彼が自ら門番への伝達に細工をして、ルシアが入れるよう手はずを整えたのだから。

「……うん？　ああ、これか。よし、通れ」

無事に門を潜り抜けたルシアは、門番が見えなくなったところで安堵《あんど》の息を吐《は》いた。

「緊張したねえ、ルシア。だが、本番はここからだよ」

エルンストは懐から、ギルバートに調達してもらった煙幕玉を取り出した。

「僕が火事に見せかけて煙を出している間に、君がカイルを離れから連れ出すんだ。できるかい？」

ルシアは、真剣な面持ちでうなずく。

――二日前。

エルンストがその作戦を提案した際、当然ながら、ギルバートは猛反対した。

「それくらいなら、俺が行く！　君を危険に晒してなるものか！」

「僕とて好きで娘を危険に晒すわけではありません。ただ、公爵家の屋敷を知る僕が騒ぎを起こし、ルシアが変装して救出するのが、もっとも成功する見込みが高いのです」

「だからといって……！」

「ギルバート様、私に任せてください」

決め手となったのは、ルシアの決意に満ちた言葉だった。

「無事に帰ると約束します。ですから、どうか私を信じてください。あの子を守りたいと思う気持ちは、互いに同じでしょう」

凛《りん》としたその声に、ギルバートはしばらく否を繰り返していた。が、ルシアの決意が揺るがないことがわかったのだろう。

「約束してくれ、二人で無事に戻ってくると。あの子を想う気持ちと、君を想う気持ちに、俺は優劣をつけられない。だから、どうか」

「ええ、必ず」

――ルシアは、ギルバートにそう約束したのだ。

（絶対に、失敗するわけにはいかない）

ルシアは事前に話し合ったとおり、父と別れ、離れの屋敷近くへと身をひそめる。

すると、少しして。

「火事だ、大変だ、離れが火事だー！」

もくもく沸き立つ煙と共に、そんな叫《さけ》び声が聞こえてきた。

すると、離れの裏口の扉が開き、次々と使用人が出てきた。それだけではない。どこか人相の悪い男たちもだ。

（今のうちに……）

人々が煙に気を取られている隙に、ルシアは裏口から離れの屋敷へ侵入した。

「たぶん、こっちのはず……」

エルンストは使用人たちの話に耳をそばだて、カイルの捕まった部屋の目星をつけていた。ルシアは父から教わったとおり、廊下をひた走っていく。

そのとき、子どもの泣き声が聞こえた。すぐ近くだ。

ルシアが廊下を曲がると、そこにはカイルを抱え、部屋から出てくる男の姿があった。

「やだ！　どこいくの、はなして！」

「火事だっていうんだから仕方ねえだろ。死にたくなかったらおとなしくしてろ！」

恐慌状態のカイルを力ずくで抱きかかえ、男はどすの利いた声で怒鳴りつける。

その光景に、ルシアはかっとなり——次の瞬間、男に向かって走りだしていた。

「カイルを放しなさいっ！」

「な、なんだぁ⁉」

呆気《あっけ》に取られた男の急所を、容赦なく蹴り上げる。

悶絶《もんぜつ》する男の腕から、ルシアは強引にカイルの体を奪い取った。

「カイル、大丈夫⁉　どこも怪我《けが》はしていない？」

「……ルシア！　ルシアだ！　わぁん、こわかったよぅ……！」

ルシアの胸に身を埋《うず》め、カイルは身を震わせて泣き始める。

本当なら優しく慰《なぐさ》めてあげたいが、今はそれよりも逃げなければ。

「しっかり摑まっててね、カイル！」

ルシアは急いで身を翻《ひるがえ》し、廊下を駆け出す。

だが、来た道を戻り、裏口を抜けようとした瞬間、後ろから服の襟元を摑まれた。

「どうやって入ったかは知らねえが、クソガキが、調子に乗りやがって……！」

振り向くと、そこにいたのは、ルシアがさっき急所を蹴り上げた男だった。苦しげに息をつきながら、必死に後を追ってきたようだ。

「離して……っ！」

ルシアは必死に身を捩《よじ》り、男の手から逃れようとした。その拍子に被っていたキャスケット帽が落ちて、まとめていた髪がはらりとほどける。

「なんだぁ？　男かと思えば、お前、女だったのか」

男の声の調子が、下卑《げび》たものへと変わった。

「へへっ、そのガキを部屋に戻したら、たっぷり可愛がってやるよ。たまにはそれくらいのご褒美があってもいいよなぁ？」

「勝手なこと言わないで、離しなさい……っ！」

ルシアはまたも男の急所目掛けて蹴りを繰り出そうとした——が。

「おっと、二度も同じ手を食うかっての」

男はルシアの足を払い除け、カイル共々その場に押し倒した。

「……っ！」

抱きかかえたままのカイルを庇《かば》ったルシアの体が、床にしたたかに打ち付けられた。痛みのあまり顔をしかめる彼女を、カイルが心配そうに見上げる。

「ルシア！」

「だい、じょうぶ……カイルは、私が守る、から……」

「はは、そんな気丈なこと、いつまで言っていられるかなあ？」

ルシアの足元へ屈み込んだ男が、その足を強引に割り開いた。

「や……っ！」

「ルシアにらんぼう、しないで！」

反射的に悲鳴を上げたルシアを見て、カイルが男にそう訴えた、その瞬間――。

ルシアを組み敷こうとした男の首元に、鈍く光る刃《やいば》が突きつけられた。

「動くな」

低く、静かな声には、その場にいる誰もが逆らえないような迫力がある。

「だ、誰だっ」

「答える道理はない」

男の背後から現れた人影――ギルバートは非情な声で告げると、剣の柄《つか》で男の頭を殴り昏倒《こんとう》させる。

「ギルバート様、何故、ここに？」

ルシアは信じられない面持ちで、彼の姿を見つめた。

「君を危険に晒して、どうして俺がじっとしていられると思う？」

ギルバートは男を手早く縛り上げ、ルシアとカイルの二人をいっぺんに抱え上げた。

「逃げるぞ。逃走経路は確保してある」

ギルバートは有無を言わせぬ口調でそう告げ、二人を抱えているとは思えないほどの速度で走りだす。

ルシアが背後を振り向くと、屋敷を挟んだ反対側には大量の煙が立ち上っていた。

「あの、父様は」

「これほどに大胆な作戦を講じたエルンスト殿のことだ、切り抜けてくれるはずだ。もしものことがあったとしても、既に策は講じてある」

ギルバートは腕の中のルシアを見下ろし、どこか怒ったようにそう言った。

「今はそれよりも自分の心配をしろ。屋敷の敷地内を出るまで、油断はできん」

「おじさま……。ぼくたち、おうちにかえれるの？」

「……ああ、必ず」

不安げに尋ねたカイルへ、ギルバートは険しい面持ちのままうなずいた。

ルシアたちは屋敷の通用門を抜け、外へ出る。すると、目立たない場所に質素な馬車が停められていた。

ギルバートはルシアとカイルを馬車へ押し込むと、自らも飛び乗り、扉を閉める。

「出せ」

御者台に座っているのは、ファルコ侯爵家の使用人ではないようだ。ルシアが見たことのない顔の、若い男性だ。

ギルバートの命と共に馬車は走りだし——やがて、ヴォルテール公爵の屋敷は、完全に見えなくなった。

気が抜けたのか、カイルはルシアの膝の上でうとうとし始める。

「眠っていて大丈夫よ。次に起きたら、もう家に帰っているわ」

カイルの頭を撫でながら、ルシアはそう囁《ささや》いた。

「おきたら……ルシア、いてくれる……？」

「ええ、必ず」

ルシアがうなずくと、カイルは安心したように眠り始める。

腕の中の温かなぬくもりと、そのあどけない寝顔を見下ろし、ルシアはようやくカイルを取り戻したことを実感した。

「眠ったか」

ギルバートは二人のやり取りを、どこか緊張の残る顔で眺めている。

「……あの、ギルバート様」

ルシアはそっと、隣に座る彼を見やる。

「ヴォルテール公爵家には、干渉しないおつもりだったのでは？」

だからこそ、ルシアは父と共にカイルの救出へと潜入したはずなのだが。

「俺は、そんなことは一言も言っていない。あの場ではすぐに答えが出せなかった。そのうちに、君たち親子が性急に、事を進めてしまったんだ」

「あ……」

二日前のことを思い返すと、ギルバートが黙ってしまった後、ルシアは父と共に勝手に作戦を練ってしまった気がする。加えて、たびたび彼に制止されていたが、いっさい聞く耳を持たなかった気もする。

「君たちの作戦は理解していたからな、俺は俺で、救出の手はずを整えさせてもらった」

ギルバートの話によると、彼は王立軍の知り合いを頼り、極秘でカイルを救出するための人手を集めたのだそうだ。

今、御者台に座っているのも、軍に所属していたときの部下だという。話を振られた彼は、ルシアへかすかに振り向き、目線だけで礼をした。

「その、おかげで助かりました」

もし、あのときギルバートが駆けつけていなかったら、ルシアはカイルを助けられず、あの男に好きなようにされていたかもしれない。

今になって体が恐怖を実感したのか、細かく震え始める。

「……ルシア」

眠っているカイルを起こさないように気遣いながら、ギルバートはルシアの肩を優しく抱き寄せる。

「お説教はあとでたっぷりとさせてもらう。だが、今は……君が無事で、よかった」

思いの丈がすべて詰まっているようなその声に、ルシアはただ、言葉もなくうなずくのだった。

＊　＊　＊

無事にカイルを取り戻してから、一か月ほどが経《た》ち——。

アランデル王国は、とあるニュースに騒然となった。

先王の弟、ヴォルテール公爵が、病を理由に辺境の領地で蟄居《ちっきょ》することとなったのだ。

「一年前、クロード陛下が即位された頃は、お元気そうでいらしたのにねぇ……」

「え、ええ、そうねえ」

小さな菓子店のカウンターの向こうでため息をつく店主のマーサを見て、ルシアはあやふやな笑みを浮かべた。

「それよりも、おばさん、パルミエとフィナンシェを十個ずつ包んでくれる？」

「はいはい、もう準備はできてますよ」

あらかじめ連絡を受けていたマーサは包みをカウンターに乗せる。

「そういえば、あんたが侯爵様のところに嫁ぐのも、あの愛らしいお坊ちゃんが迷子になったのも、同じくらい驚いたわねえ。本当に、あのときは肝を冷やしたけれど、無事に見つかってよかったわ」

「あ、うん、そうね。それじゃ、代金はここに置いておくから」

あまり広げたくない話題が次々と飛び出てくるものだから、ルシアは手短に用件を済ませ、店を後にすることにした。

（本当は色々と積もる話もあったけど、しょうがないか）

ルシアは外で待っていた馬車に乗ると、ファルコ侯爵家への帰路に就いた。

前侯爵夫妻の不審な事故死から端を発し、カイル誘拐へと発展した、今回の事件。

それがヴォルテール公爵の仕業だとはっきりしたところで、ギルバートは秘密裏に、国王クロードへ、事の次第を報告したのだという。

すると、若き国王は、深々とため息をついたそうだ。

――これ以上、静観はしていられんか、と。

「おそらく、あのお方はすべてを察しておられたのだろう」

つい先日、ギルバートは執務室で、ルシアにそう話してくれた。

テュール王国との一件。ファルコ侯爵家に下賜されるはずだった領地。

前侯爵夫妻の不審な事故死と、残された令息であるカイルの誘拐。

ギルバートが苦しめられ続けた一連の事件の目的は、侯爵家の権力を削ぐことにあると思われていたのだが。

「ヴォルテール公爵の真の狙いは、クロード陛下の求心力を低下させることにあった。テュール王国との条約締結が失敗すれば、それはすなわち、陛下の政治的手腕が問われることとなるからな」

若き国王の即位から一年。国内の貴族は、いまだヴォルテール公爵を支持する者も多い。

今回の件の目的は、現国王派の支持を低下させ、公爵派の貴族を台頭させること。

決定的な失敗を犯させることで、退位せざるを得ない状況へと追い込むこと。

――つまり、ヴォルテール公爵の狙いは、国王の座だった、というわけである。

「それは、また……ずいぶんと、壮大な話だったのですね。お話を聞いていても、私にはまったく想像ができません」

「俺も、てっきり我が家で完結する話だとばかり考えていた。クロード陛下から最初に聞かされたときには仰天したぞ」

ギルバートもまた、苦笑交じりにうなずく。

「ともかく、ヴォルテール公爵の狙いが判明したとなれば、それを阻止すればいいだけだ。おかげでこの一か月、屋敷にもろくに帰れない日々が続いたが……」

「あら、ギルバート様は、初めてお会いした頃からそうだったような……」

わざとらしく澄ました口調でルシアが言うと、「確かに」とギルバートは苦笑した。


そして、今日。ファルコ侯爵家は、たくさんの客人を迎えることとなっている。

ルシアの家族を招き、お茶会を開くのだ。

もちろん、その中には父であるエルンストもいる。彼はあの窮地をあっさり切り抜け、何事もなかったかのように家に帰っていたというのだから、大したものだ。

（父様ったら、実は意外とすごい人なのかしら……）

ルシアはマーサの店で買った焼き菓子を大切に抱えながら、不意に首を捻る。

（ま、いいわ。今はそれよりも、準備に集中っと）

今日のお茶会は、カイルにどうしてもとせがまれ続け、ようやく実現に至ったものだ。

なにしろ、誘拐事件が解決するまでは、どんな危険があるかわからなかった。下手にファルコ侯爵家の屋敷に出入りして、ルシアの家族であるオーゲン男爵家の面々まで危険に晒すわけにはいかない。

そのため、今日の催しは、無事に平穏な日常が戻ったことを示すものでもあった。

「ああ、ようやく誰の目も気にせずに、自由に人と会えるんだわ」

誰に聞かせるともなく、ルシアは呟く。

思えば、ファルコ侯爵家でカイルとギルバートに出会ったあの日から、ルシアの人生は急転直下の繰り返しだった。

（侯爵夫人なんて柄じゃないし、これからもきっと大変なことは多いだろうけど）

けれど、それでも――たくさんの愛する人に囲まれ、日々を紡いでいけることは、これ以上ないほどの幸運だと思うのだ。

馬車が屋敷に戻ると、玄関には既にルシアの父母、弟妹たちが勢揃《せいぞろ》いしている。

「おや、ルシア。姿が見えないと思ったら、出かけていたのかい」

「ええ、父様。カイルがマーサおばさんの焼き菓子を食べたがっていたから」

元気そうな父に、ルシアは笑いかける。

すると、屋敷の門が開き、小さな人影が跳ねるように飛び出してきた。

「ルシア、おかえり！」

一直線に駆けてきたカイルを、ルシアは幸せそうに抱き留める。

「カイル、そんなに走るとまた転ぶぞ。それに、慌てなくてもルシアは逃げない」

その後ろから現れたギルバートは、穏やかにオーゲン男爵家の一行を見回した。

「本日はわざわざ我が屋敷にお越しいただきありがとうございます。どうぞ、ごゆっくりおくつろぎください」

すると、一礼するギルバートの周りをぐるぐると走り回るようにして、幼い妹のベルとカイルが追いかけっこを始める。

そんな些細《ささい》な光景が、あまりにも幸せでたまらなくて。

ルシアは、胸の奥から湧き上がる温かな気持ちを噛み締めるのだった。

＊　＊　＊

そして、夜も深まった頃。

「カイルったら、ようやく寝てくれました。ずっと興奮しっぱなしで」

「はは。よほど昼間のお茶会が楽しかったんだろう。君の家族たちはあの子をとても可愛がってくれるからな」

「兄弟姉妹が多いと、子どもには慣れっこですからね。それに、末っ子のベルよりも小さな子が可愛くて仕方ないんだと思います」

ルシアとギルバートは、談笑しながら寝台へと入り、身を横たえた。

と――かすかな衣擦《きぬず》れの音と共に、ギルバートがルシアのそばへと身をすり寄せた。

「君とゆっくり眠るのも、ずいぶんと久しぶりだな」

「あ、そういえば、そうですね」

ルシアは内心どぎまぎとしつつ、当たり障りのない言葉を返す。

この一か月、二人の生活時間は完全にずれていた。その間、ルシアはギルバートとではなく、カイルと共に眠る生活を送っていたのだった。

「独り寝には慣れていると思っていたが……思いのほか、寂しく感じたぞ」

ギルバートは柔らかな苦笑を浮かべ、ルシアの体をそっと抱き寄せる。

「正直、君をカイルに奪われたと思って、面白くないとも思っていた」

「まあ、あんな小さな子に嫉妬だなんて、大人げない」

「いいや、そんなことはない。事実、クロード陛下も時おり、似たようなことをお話されていた。俺は長らく独身で、その気持ちはわからなかったが……」

ギルバートはゆっくりと、ルシアの上へ覆《おお》いかぶさる。

「今なら、あの方の気持ちがわかる気がする。愛する女性を独占する瞬間は、なににも代えがたいものなんだ」

「あ……」

深紅の瞳がルシアを覗き込み——刹那、唇が重なった。

触れるだけの口づけは、急速に激しくなっていく。感触を確かめるように唇を食《は》み、舌先で舐《な》め、吸い上げる。

「んん、ん……っ」

ギルバートの丹念な愛撫《あいぶ》により、ルシアは体の奥に確かな熱が生まれるのを感じた。

「……声が甘いな。まだ舌も絡めていないのに」

唇をかすかに離し、ギルバートが囁く。

「だって、こんな……久しぶり、ですもの……」

ルシアは恥じらいも露わにそう答えた。一か月ぶりに共に寝るということは、つまり、その間ずっと、こういった行為はご無沙汰だった、ということだ。

快楽の予感を呼び起こされた体が、期待に震えている。

ルシアはギルバートの首元に腕を絡ませ、自分からキスをした。すると、口腔《こうくう》の隙間から、熱い舌が性急に侵入してくる。

舌先を擦《こす》り合わせた後に、絡め合う。互いの体温と体液を交錯させるような行為は、快感を求める本能に火を点けて。

ルシアがギルバートの首に回した腕へ力を込めると、彼は豊かな膨らみへ手を伸ばし、その双丘を揉《も》みしだき始めた。

「ん、ふ……ぁ、ああ……」

夜着越しの愛撫。敏感な胸の頂《いただき》が布で擦られ、じわじわと甘い感触を生み出す。

あっという間に勃《た》ち上がったそれを、ギルバートの指先がきゅうっと摘《つ》まんだ。鋭《するど》い快感に、ルシアは細い肢体をびくびくと震わせる。

「君の体は敏感だが、今日は特段……というところだな」

低い声に混ざる露わな愉悦。恥じらいを覚えるルシアだが、それすら今は快感を深めるための材料に過ぎない。

熱い舌がルシアの唇を這《は》い、胸元へと下がっていく。

ルシアの夜着は前でリボンを結ぶかたちのものだ。ギルバートが結び目を解くと、ふるりと豊かな胸が露わになる。

ギルバートはしばらく、ルシアの裸身へ熱い視線を注いでいた。

「あ、あの……どうしてそんなにじっくり見ているんですか」

「見たいからだ。特に、この……」

と、ギルバートは指先でルシアの鎖骨から胸元をなぞっていく。

くすぐったさが、どこかじれったい。きゅっと口元を引き結んでも、甘い吐息がこぼれてしまう。

「わかるか？　もうすっかり熟れ切っている」

「だ、誰のせいだと思っているんですか」

意地悪げに笑うギルバートに、ルシアの鼓動は高鳴るばかり。

「そうだな。俺のためだけに熟した果実……とても、おいしそうだ」

囁きと共に、充血した先端がギルバートの口腔へすっぽりと包み込まれた。

「あ、ああ……っ」

心のどこかで待ち望んでいた刺激に、ひときわ甘い声が上がった。

熱い舌が頂を舐《な》め転がし、きつく吸われたかと思えば、軽く甘噛みされる。

「ああっ、や、ぁ……んっ」

ルシアの反応を喜ぶように、愛撫は激しくなっていく。片方を味わい尽くしたかと思えば、もう片方へ。その間、敏感になった先端を指先で転がされ、ルシアはただ快楽に喘《あえ》ぐことしかできない。

やがて、双丘を散々に愛撫したギルバートは、くったりとしたルシアの両足を開き、その間へ身を割り込ませた。

「もうこんなに濡《ぬ》れているぞ」

長い指が、秘裂を割り開く。途端、奥から溢れんばかりの愛蜜が滴《したた》り落ちた。寝台をしとどに濡らすほどの興奮の証に、ルシアの羞恥《しゅうち》は高まる一方だ。

「やぁ……見ないで……」

蕩《とろ》け切った蜜襞に注がれるギルバートの視線を感じて、ルシアは何度も首を横に振り、そう懇願した。

「悪いが、その頼みは聞けない。俺は今宵、君を、隅々まで味わいたい」

次の瞬間、ルシアの秘裂を、ギルバートの舌が割り開いていた。

「だめぇ、そんなところ、舐めないで……っ」

舌での愛撫は、指とはまた違った刺激がある。ゆるゆると、しかし確実に快感を呼び起こされるような、柔らかくねっとりとした触れ方に、細い腰が何度も跳ねた。

「……ほら、ここがぷっくりと膨れているのがわかるか？　君も興奮してくれているのがわかって、俺は嬉《うれ》しいよ」

ギルバートは愛蜜をたっぷりと含ませた指で、花芯へと触れる。それから、舌先で何度もそこを往復した。

充血した肉芽を舌でぐにぐにと押し潰されると、腰が抜けるほどの快感に襲われる。

「ああっ、いやぁ……っ！　やめ、もう無理、やめ……おねがっ、ギルバート様ぁ……」

ルシアはすすり泣くような喘《あえ》ぎ声を上げ、必死に何度もそう懇願した。

だが、その言葉は、むしろギルバートの欲望を燃え上がらせるばかりのようだった。ルシアが止めれば止めるほど、彼の愛撫は激しく、執拗《しつよう》なものへ変わっていく。

やがて、胎《はら》の奥から強烈な衝動が湧き上がるのがわかった。幾度も味わったことがある、けれど、いつまで経っても慣れない——それほどに、強烈な。

「あっ……ああ、やっ、あ……っ、んぅ、ああーっ！」

やがて、長く、甘い声と共に、ルシアの体は絶頂を迎えた。

「達したか。だが、まだ終わりではないぞ」

強烈な快感の余韻に息をついていると、ギルバートは熱く充血した蜜壺へおもむろに指を差し入れる。

「あ、だめぇ……まだ、そこ、敏感で……」

「だから、こうして触っているんだが？」

愉悦も露わに微笑む気配。ギルバートは充血した肉襞を掻《か》き分け、探るように指を胎内へと進めていく。

そのうち、ルシアは下腹部の内側へ再び、蕩けるような感覚が湧き上がるのを感じた。声には出さなかった。なのに、わずかに乱れた呼吸で気付いたのだろう。ギルバートが執拗にそこを擦り始める。

「体は正直だな。ほら、こうすると、愛液が溢れて止まらなくなる」

「そ、そんなこと、言わないでぇ……」

ルシアが羞恥に身を震わせても、ギルバートはお構いなしだ。

「だが、本当は悦《よろこ》んでいるんだろう？　ほら、また中が締まった。すごいな、今にも指が嚙みちぎられそうだ」

まるでルシアが淫《みだ》らだとでもいうように、ギルバートは差し入れる指の数を増やし、胎内を散々に弄《もてあそ》んだ。

恥ずかしい言葉をかけられて、嫌だと思う心と、悦ぶ体。相反する己が制御できず、ルシアの理性はどろどろに溶けて、与えられる快楽だけが残る。

「ああ、あっ……」

なすすべなく喘ぐだけの自分が悔しくて、ルシアはギルバートの胸元へ手を伸ばした。少しでもやり返せないかと思ったのだ。

指先で、たくましく張り詰めた胸元を撫でる。女性のそれとはまるで違う乳頭へ指で触れると、ギルバートが息を詰めるのがわかった。

「……る、ルシア？　なにをしているんだ」

ギルバートの愛撫の手が止まる。明らかに動揺しているその姿に、ルシアはしてやったりといった様子で彼の胸元を弄《いじ》り始めた。

「なにって、お返しです。私だって、ギルバート様を気持ちよくしてあげたい」

「い、いや、だが……っ」

ギルバートの耳が瞬く間に赤くなる。押し殺された低い吐息がひどく煽情的で、ルシアは己の中に嗜虐《しぎゃく》的な欲望が目覚めるのを感じた。

「ああ、ギルバート様、感じているんですね。私、とっても嬉しいです」

うっとりとルシアが呟くと、ギルバートは強引に彼女の手を掴み、寝台へと繋ぎとめた。

「……まったく」

見下ろす彼の瞳には、どこか鋭い光が宿る。まるで、野生の獣《けもの》のような。

「今日は優しくしたいと思っていたのに。……そんなに煽られたら、乱暴に、めちゃくちゃにしてやりたくなる」

まずい、とルシアが思ったときには、もう遅かった。

ギルバートは片手で器用に夜着を脱ぎ捨てると、下肢に勃ち上がる欲望を露わにした。

「あ、あの……いつもより、大きくありませんか？」

「君が好き勝手をするからだ。責任は取ってもらうぞ、その体でな」

「そ、そんな……んんっ」

嚙みつくようなキスをされて、荒々しく舌をねじ込まれる。同時に、割り開かれたルシアの足の間へ、熱いものが一息で挿入された。

「んんーっ！」

唇を塞《ふさ》がれ、言葉にならない叫《さけ》びだけがこぼれ落ちる。

一度、絶頂を迎えていたルシアの体は、強引な挿入にもかかわらず、彼のものをやすやすと受け入れた。

ゆるゆると引き抜いては、一気に差し入れられる。重苦しいほどの快楽が下腹部へ渦巻き、ルシアは再び、極みへと押し上げられた。

「ん、んっ……んっ！」

ルシアが感じているのは、ギルバートもわかっているはずだ。にもかかわらず、彼の動きは緩むどころか、ますます激しくなるばかりだ。

体と体が激しくぶつかり合う音が、寝台の上に響き渡る。

やがてルシアの意識が朦朧《もうろう》とし始めた頃、彼はその欲望をゆっくりと引き抜いた。

「あ……」

ルシアが声を上げたのは、自分の内側がぽっかりと空いて、どこか寂しく思ったからだ。

「そんなに物欲しげな顔をするな。まだ、終わりじゃないさ」

ギルバートはルシアの額へキスをすると、その体をくるりと裏返した。

膝を立て、尻を突き出すような格好を強引に取らされ、ルシアは抗議しようと後ろを向こうとした。だが、その瞬間、再び熱いものが挿入される。

「ああっ……！」

絹を裂くようなその声に、ギルバートはひどく満足そうに息を吐く。

「この格好だと、奥によく当たるだろう？　気持ちいいか、ルシア」

「そ、そんなこと、聞かれても……っ」

まるで獣のような体勢を取らされているというだけでも恥ずかしいのに、そこに味わったことのない刺激が浴びせられるとなれば、心も体も乱れてしまう。

「そうか。では、君が気持ちよくなっているかがわかるまで、続けるとしよう」

ギルバートは愉快げに欲望を抜き差ししたかと思えば、下肢をぐりぐりとルシアの尻へ押し付けた。もはや完全に楽しんでいる。

（ギルバート様ったら、人の体で好き勝手して……！）

そんなことを考える余裕があったのも、ほんの一瞬のことだった。

熱く、硬い肉杭が胎の最奥に押し込まれた途端、目の前に光が瞬き、ルシアは引き攣《つ》れた悲鳴を上げる。

「あ、え……？」

呆然《ぼうぜん》とした声だけが漏れる。あまりにも強い快楽に、思考がついていかないのだ。

「ああ、ここが快《い》いんだな。では、丹念に味わわせてやらなければ」

ルシアの反応に気を良くしたギルバートは、ルシアの奥深くを繰り返し抉《えぐ》る。

「や、駄目っ、や……っ！　ああ、あああああっ！」

強烈な快感が荒波のようにルシアを翻弄する。もはや思考は消え失せ、本能に翻弄される肉体だけしか残っていない。

強引に押し上げられるようにして、ルシアは再度の絶頂を迎えた。細い肢体が大きく痙《けい》攣《れん》するのを見て、ギルバートはようやく動きを止めてくれる。

だが、引き抜かれた彼の欲望はまだその衰えを知らず、愛蜜を纏《まと》って淫靡《いんび》に輝いているようにすら見えた。

寝台に力なく横たわり、ルシアはどこか期待するように、ギルバートを見上げた。

「そうねだらなくても、まだまだ気持ちよくしてやる」

「そんな、つもりじゃ……ああっ」

正常位で、再び欲望を差し入れられた。散々蹂躙《じゅうりん》された肉襞は、それでも健気《けなげ》にギルバートを受け入れようと蠢《うごめ》き、きゅうきゅうと怒張を締め付けた。

「ああ、何度味わっても、君の中は温かくて気持ちいいな。……そろそろ、俺も限界だ」

苦しげに呟いたギルバートの、眉根を寄せた顔がひどく煽情的で、ルシアは胸が高鳴るのを感じた。

「ああ、出して、私の中に出してください。あなたの想いを……ああっ」

「あまり可愛いことを言ってくれるな。君を離したくなくなってしまう」

ギルバートは規則的に腰を打ち付ける。結合部から滴り落ちる愛蜜で、もはやシーツはびしょびしょだ。

「ふ、ぁ、ああっ……ギルバート様、私、また……っ」

何度味わっても、胎内に灯《とも》る悦楽の炎は消えることを知らない。昂《たかぶ》ったまま、ルシア

はギルバートへ両手を伸ばす。

「ああ……一緒に、イこう……っ！」

ギルバートは身を屈め、ルシアの両腕を迎え入れると、自らの欲望を奥深くへ沈めた。

「あ、あああっ……あ、あっ……ああーっ！」

やがてルシアが何度目かもわからない絶頂を迎えるのと同時に、ギルバートもその白濁を放つのだった。

エピローグ

夏が過ぎ、秋が深まりゆく頃。

ルシアとギルバートは、王都の大聖堂で盛大な結婚式を挙げた。

よく晴れた空は青く澄み渡り、おごそかな雰囲気の礼拝堂には多くの参列者が集まっている。

やがて、扉がゆっくりと開く。今日のためにうんとお洒落《しゃれ》をし、頭に可憐《かれん》な花冠を載せた一番下の妹のベルが、少し緊張した面持ちで赤い絨毯《じゅうたん》の敷かれたバージンロードに白い花びらを撒《ま》いていった。

ルシアはその後ろを、父親のエルンストの腕に手を添え、しずしずと進んでいく。

その身に纏《まと》う純白のドレスは、モルガーナ率いるラファーガ伯爵家選りすぐりの針子と仕立屋たちが、今日のためにと技術の粋を凝らして仕上げたものだ。

光沢のあるシルクに、穏やかな輝きの真珠をあしらい、胸元や肩周りには繊細なレースがふんだんにあしらわれている。頭部を覆《おお》う長いヴェールは、まるで妖精のように可憐に、そして軽やかにたなびいていく。

「ああ、今日はなんて素晴らしい日なんだ」

エルンストは、感極まった様子で呟《つぶや》いた。少し鼻声なのは、きっと、涙を必死にこらえているためだろう。

「僕はね、君のことをずっと心配していた。道楽者の僕だけでなく、まだ幼い弟たち、妹たちのために、君はいつも、自分のことを後回しにして頑張ってくれていたから。けど、こんなに綺麗《きれい》なお嫁さんになってくれるなんて、僕は世界で四番目の幸せ者だ」

「……ねえ、どうして四番目なのよ、父様」

ルシアの問いに、エルンストはふふっと笑った。

「それはね、三番目が、こんなにも素晴らしい女性を妻に迎えられるギルバート殿で、二番目はカイルくん。そして、一番は他でもない君だからだよ」

やがて、祭壇の前で待っていたギルバートの元に辿《たど》り着くと、エルンストはルシアの手を放し、にこりと微笑《ほほえ》む。

「元気で、ルシア。今まで頑張った分、たくさんの幸せが、君に降り注ぎますように」

旅立ちの——そして、別れの言葉だった。

ルシアは、涙をこらえるように顔を歪《ゆが》める。

ヴェールに覆われているその表情は、誰にも見られることはない。

しかし、ギルバートは悲しみの気配を感じ取ったのだろう。ルシアの手を取ると、小さくうなずく。俺が付いている、と言うかのように。

（……ええ、父様。私、幸せになるわ）

ルシアはギルバートと共に、司祭の前へ進み出る。その後ろから、結婚指輪を掲げたカイルが、ぽてぽてと歩いてきた。

指輪を司祭に渡すと、カイルはひと仕事終えた満足感も露《あら》わに、そばで控えていたエルンストの元へ駆け寄る。ベルとカイル、ルシアを慕う二人の愛らしさに、参列者からは歓喜の声が上がった。

やがて、司祭が誓いの言葉を述べる。

「汝《なんじ》、病めるときも、健やかなるときも、これを愛し、これを慰《なぐさ》め、その命ある限り真心を尽くすと誓うか？」

ギルバートとルシアは、それぞれが誓約を口にする。

「では、誓いの口づけを」

司祭の宣言を受けて、ギルバートはゆっくりとルシアのヴェールを持ち上げた。

まっすぐに見つめるその瞳には、たくさんの感情が溢《あふ》れている。きっと、ルシアも同じ目をしているだろう。

「愛している、ルシア。これからも、共に生きよう」

「……はい」

二人が唇を重ねると、見守っていたカイルがぴょん、と飛び跳ねた。

「わぁい、わぁい！　これで、ルシアがぼくのかあさまだ！」

「こらこら、カイルくん。嬉《うれ》しいのはよぉくわかるけど、お静かに。まだ式は終わっていないからね」

付き添っていたエルンストが、苦笑も露わにやんわりと注意すると、次はその反対側に座っていたベルが声を上げた。

「ずるい！　あたしのおねえさまなのに！　……でも、ここはガマンしてあげる。だって、あたしのほうが、カイルよりも年上だもん」

「じゃあ、ベルがねえさま？」

あどけなく尋ねたカイルに、ベルは満足そうにうなずく。

そんな二人のやり取りに、ルシアとギルバートはもちろん、参列者も皆、幸福そうに笑うのだった。

やがて、大賑《おおにぎ》わいの披露宴も終え、ルシアたちは侯爵家の屋敷へと帰り着いた。

その頃には、カイルも半ば、夢の中だ。

「こうして抱き上げてみると、初めて会った頃よりもずっと大きくなったわね」

「子どもの成長は、早いものだな。君に無理はさせられん、俺が運ぼう」

「ええ……おじさまよりもルシアがいい……」

カイルは眠たげな声で、ギルバートを非難する。

「そういうわけにはいかん。ルシアは今、体を大切にしなきゃいかん時期だ。お前の気持ちもわかるが、しばらくの間は我慢してもらうぞ」

「なんで……？　ぼく、わがまま……？」

「もう、カイルが悲しむような言い方をしないでください！」

ルシアはギルバートをキッと睨《にら》みつけると、カイルへ優しく微笑んだ。

「あのね、実は今、お腹の中に赤ちゃんがいるの。大切に、大切に育っている最中だから、カイルも少しだけ、お兄ちゃんとして協力してくれる？」

ルシアの言葉に、眠たそうだったカイルの目が、みるみるうちに輝きを取り戻すのがわかった。

「……ぼく、おにいちゃんになるの？」

ギルバートの腕から身を乗り出すようにして、カイルはルシアへ抱き着いた。

「すごい、すごい！　おとうと？　いもうと？」

「残念ながら、産まれるまではわからんな」

「カイルはどっちがいい？」

ルシアとギルバートはカイルへと寄り添いながら、ゆっくりとした足取りで屋敷へ入る。

温かなランプの光に包まれた玄関ホールでは、笑顔の使用人が勢揃《せいぞろ》いで、新たな侯爵夫婦を出迎えて――。

「おとうとでも、いもうとでも、ぜったいにたいせつにする。だから、これからもずっといっしょだよ、ルシア……ううん、かあさま、とうさま！」

愛する夫と子ども、そしてこれから、新たに生まれ出る命を迎えて。

たくさんの家族と、かかわりのある人々に愛され、祝福されて。

ルシアの幸福な日々は、今までも、これからも、ずっと続いていく。

あとがき

はじめまして、もしくはこんにちは。香村有沙です。

個人的な話ではありますが、今回の作品は、初めて手掛けた子連れものでした。

小さなカイルを間に挟み、ああでもない、こうでもないと四苦八苦する主役カップルの二人を描くのは、思いのほか楽しかったです。

お忙しい中、イラストを担当してくださった霧夢ラテ先生、ありがとうございました。

ルシアとギルバートはもちろんのこと、猫と戯れるカイルが本当に愛らしくて……！

子連れものが書けてよかった！　と、挿絵を拝見した瞬間にガッツポーズでした。

また、執筆の際にご助力いただいた担当編集様をはじめ、この本に携わっていただいた皆様に御礼申し上げます。

最後に、この本を手に取っていただいた読者の皆様に、改めて感謝を。

今回の物語は、楽しんでいただけましたでしょうか？

それでは、いつかまた、どこかでお目にかかれますように。

原稿大募集

ヴァニラ文庫では乙女のための官能ロマンス小説を募集しております。
優秀な作品は当社より文庫として刊行いたします。
また、将来性のある方には編集者が担当につき、個別に指導いたします。

◆募集作品

男女の性描写のあるオリジナルロマンス小説（二次創作は不可）。
商業未発表であれば、同人誌・Web 上で発表済みの作品でも応募可能です。

◆応募資格

年齢性別プロアマ問いません。

◆応募要項

・パソコンもしくはワープロ機器を使用した原稿に限ります。
・原稿は A4 判の用紙を横にして、縦書きで 40 字 ×34 行で 110 枚 ~130 枚。
・用紙の１枚目に以下の項目を記入してください。
　①作品名（ふりがな）/②作家名（ふりがな）/③本名（ふりがな）/
　④年齢職業 /⑤連絡先（郵便番号・住所・電話番号）/⑥メールアドレス /
　⑦略歴（他紙応募歴等）/⑧サイト URL（なければ省略）
・用紙の２枚目に 800 字程度のあらすじを付けてください。
・プリントアウトした作品原稿には必ず通し番号を入れ、右上をクリップなどで綴じてください。

注意事項
・お送りいただいた原稿は返却いたしません。あらかじめご了承ください。
・応募方法は必ず印刷されたものをお送りください。CD-R などのデータのみの応募はお断りいたします。
・採用された方のみ担当者よりご連絡いたします。選考経過・審査結果についてのお問い合わせには応じられませんのでご了承ください。

◆応募先

〒100-0004　東京都千代田区大手町 1-5-1　大手町ファーストスクエアイーストタワー
株式会社ハーパーコリンズ・ジャパン　「ヴァニラ文庫作品募集」係

強引な子連れ侯爵さまに身も心も奪われ溺愛されてますっ!

Vanilla文庫

2025年4月20日　第1刷発行　定価はカバーに表示してあります

著　者　香村有沙　
装　画　霧夢ラテ
発行人　鈴木幸辰
発行所　株式会社ハーパーコリンズ・ジャパン
東京都千代田区大手町1-5-1
電話　04-2951-2000（営業）
0570-008091（読者サービス係）
印刷・製本　中央精版印刷株式会社

Printed in Japan ISBN978-4-596-72933-0